KB137390

바다를 내놓은 고등어

바다를 내놓은 고등어

The Mackerel that Gave Up the Sea

이창수 시집

도서출판 동인

自序

언어는 각자의 힘에 따라 나온다. 모든 사물에 언어를 부여하는 순간 그 언어는 힘을 가지고 감정 체험을 통해서 단어 하나와 말 한마디가 큰 의미를 담고 독자에게 감동을 주고 독자를 매혹한다. 언어는 미적 가치를 지니는 정신적 산물이며 언어를 표현 매체로 한 정화되고 정서화된 사상의 표현이며 언어는 사람을 움직이는 힘을 가지고 있다. 그것은 직면과 고통과 초월과는 다른 방식이며 자신이 표현한 세계가 종이 위에서 활자로 굽이칠 때 우리는 우리의 내면이 우주를 향해 열리고 있음을 스스로 느끼게 된다. 다수의 경험이 하나의 목소리 이면에 존재하는 것(觀)이다.

차 례

五 部

六 部

七 部

八 部

九 部

| 서평 |

一部

나 아닌 것이 어디에 있는가!

나는 그도 나 자신도 아닌 심연의 상념 속에
반구(反求)를 찾는 자아 내가 있으면
우주가 있고 만물이 존재하듯이 내가 없으면 너도 없고
너 없는 나도 없다

시간의 그림자

소리는 두꺼운 입술에서 나온다

시간을 도둑맞을까 노심초사 문고리에 묶어놓고
헛-기침을 하며 밤잠을 설친다. 멀리서 개 짖는 소리
발정난 길고양이 구애(求愛)하는 소리 음탕한
수탉 울음소리 그대의 입이 걸다

일각(一刻)을 다투는 일상에서 개미 떼들이 밥벌이에
톱을 메고 장사진을 이루고 분망(奔忙)히
생의 사다리를 탄다

석고상이 원뿔 공간에 잔뜩 웅크리고 앉아 밤마다
별을 헤아린다. 나의 시간은 빛과 그림자와
결혼을-하고 헤게모니를 쥐고 얼음장을 놓고 감금당하고
매 순간을 끌고 다니면서 황금빛 배설을 한다

자취가 묘연하고 의탁할 데 없는 빈손의 시간이
모든 상황(狀況) 속에서 이루어-진다

광대

하늘을 찌르는 소맷자락에 바람이 일고 사뿐히
걷는 광대의 춤사위에 달빛이 녹아들어 한(恨) 맺힌 민족의
숨결이 살아 넋이 서리어 있다

암흑과 여명의 수난기에 푸르고 희미하고 어두운
시대를 발로 밟고 꿈을 펼치리라
그러나 나선(裸跣)에 그저 생각뿐이니 때를 기다리며
놀이마당에 바람의 몸짓으로 애환을 함께한다

그대 발길이 닿는 곳마다 자아를 죽이며 상상의 도가니로
몰아넣었다
사랑과 슬픔을 허리춤에 찔러넣고 뜬-귀신에 홀려
담담한 마음에 불을 놓았다

주마등이 돌고 있는 신명이 나는 장마당에 사람들로
들끓고 하루해가 서산마루에 무너져 흩어지듯 어둠
속에 묻혀 버렸다
그대 세상 속으로 나가 꿈을 팔고 걸음걸음 씨앗을 뿌리고

그 입들은 시간을 먹는다

당신이 가는 길이 다 길이다

길을 잃고 헤매다 가는 길을 묻는다

당신이 가야 할 길은 시행착오를 거듭하면서
헛걸음치다 뒤돌아보고 가지 말아야 할 길을 되돌려 세우고
다시 걷다가 높고 험한 고비를 맞으며 또 걷는다

길은 자취나 흔적을 남기지 않고 자기 모습을 스스로
보여준 적이 없다

인생길은 궤도이탈을 항다반-사로 하나의 구름이 걷히면
또 다른 구름이 다시 생겨나듯이 가도 가도 끝이 없는
무아(無我)의 길 한복판에 내가 서 있다

미래로 가는 도정의 길은 각고(刻苦)의 온갖 노력을 기울인다
길은 사방으로 통하고 나갈 구멍 없는 길은 없다

덩굴의 습성은 타성에 물들지 않고 길이 아니면
제 몸을 사리어 방향을 전환하여 한 곳으로 뻗어 나간다
푸서리길-에도 봄이 오면 꽃이 피고

그 길은 빛을 향한 상념의 긴 꼬리를 물고 어둠을 핥고 있다
바다를 둘러엎는 광풍(狂風)도 당신이 가는 길은
다(多) 길이다

영혼의 문에서

바람 부는 언덕에 피어나는 한 떨기 꽃이었고
공허한 하늘에 떠가는 한 조각의 구름이었다
허허-벌판의 밤하늘에 반짝이는 별빛이 나에게로
와서 길이 되었다

망망대해의 등대-불이 칠흑의 밤을 비추고
바닷길을 밝혀 준다
수직의 첫 새벽빛이 잿빛 공중에서 차갑고
냉담하게 어렴풋이 빛나고 있었다

꽃은 피어도 열매를 맺지 못한 넋이여 그대는 무명의
꽃이 되었나!
세상을 살아가면서 빚진 채무를 잊고 헛된 망상에
빠져 마음을 사로잡았다

사랑과 꿈 눈물과 고독감에 젖고 관능의 검은 시선으로
인생의 제로섬 선(禪)상에 벌거벗은
영혼의 문에서 자신의 자아를 발견하다 내 삶을
희구(希求)하면서,,,,,,

---

* 선(禪) = 마음을 가다듬어 번뇌를 끊고 진리를 깊이 생각해서 무아(無我)
  의 경지에 드는 일

겨울 숲

겨울 숲은 눈보라 속에서도 봄을 준비하는
겨울눈(冬牙)이 태동(胎動)을 하고 그때를 기다리며 밤이
익어가고 있다

삭풍은 무덤을 일으켜 세우고 해 저문 달이 동천(洞天)에
내려앉아 겨울의 갑옷을 벗기고 있다
숲정이의 산새들이 덤불 속으로 숨어들어 잔뜩
웅크리고 겨울나기에 하루가 멀다

엷은 개여울에 한줄기 미풍이 불어 얼어붙었던 잔물결이
일고 버들개지 송이가 겨울을 깨운다

한 알의 열매가 떨어져 미란(彌蘭)이 새싹으로 피어나 봄을
낳고 숲을 이룬다 바람은 차가운데 어디선가
들려오는 저 소리,,,,,,

플랫폼의 밤

무겁고 침침한 플랫폼에 어슴푸레 조명등이
졸고 있고 초연한 의자엔 스산한
그림자가 드리우고 정적이 감돌아 감정 없는 벽시계는
공허한 시간을 잡아먹고 있다

어디로 가는지 가야 하는지 목적지가 어딘지
내가 가본 것이 아니라 내가 못 본 것을 보려고 미지의
세계를 동경한다
그리고 세상은 날 스쳐 지나가고 이 모든 것을

바라보는 것이 아니라 바라보는 것도 한 곳으로
세루(世累)의 탈피를 꾸며 빛을 발한 발걸음을 내디디고
어둠의 방황에
불빛을 뿌리며 별들은 그 영혼 속에 스며들었다

마지막 열차를 기다리며,,,,,,

말놀이

입을 떼는 순간부터 세상이 열리고 말은 사상
감정이 이입되고 가벼운 도구로 전락하기도
하고 겉과 속이 다른 말을 입으로 쏟고 혀로 가름한다
말속에도 뼈가 있다

따뜻한 말 한마디가 슬픔을 달래주고 괴로움을 덜어 주고
깊은 감화를 주는 반면에 남을 꾀어서 술책을 부려
옳지-않은 마음을 품고 구사(口四)로 양심의 가책도 없이
입으로

짓는 죄업을 범하면서 행각을 벌이는 비열한 작태를
보인다 마음을 움직이게 하는 것은 생각이며 그 생각은
　　사리를 분별하고
판단하는 계기로 문제 해결의 실마리가 된다

간사(奸詐)한 요설(饒舌)로 사람의 마음을 흔들어 놓고
농간에 넘어가 이목지욕(耳目之慾)에 눈이-멀다
가둘 수 없는 세 치의 혀를 잘못 놀리면 망신살을 뻗치게
되고 말의 무게는 천근보다 무겁다

한번 내뱉은 말은 주워 담을 수가 없다

* 구사(口四) = 열 가지 선악 가운데 입으로부터 나오는 망어(妄語) 기어(綺
語) 악구(惡口) 양설(兩舌)의 네 가지 악한 구업(口業)과 불망
어 불기어 불악구 불양설의 네 가지 선한 구업

망어(妄語) = 남의 말을 어지럽게 하는 헛된 말. 거짓말

기어(綺語) = 교묘하게 잘 꾸며대는 말

악구(惡口) = 험구. 남에게 악한 말을 하는 짓

양설(兩舌) = 사람들 사이에 이간질하여 싸움을 붙이는 일

나 아닌 것이 어디에 있는가!

나는 그도 나 자신도 아닌 심연의 상념 속에
반구(反求)를 찾는 자아 내가 있으면
우주가 있고 만물이 존재하듯이 내가 없으면 너도 없고
너 없는 나도 없다

찰나의 순간도 스스로 변하지 않는 것이 없으니
삶을 관조할 마음의 여유를 찾고자 했다

나 아닌 것이 어디에 있는가!
내가 존재하는 이유는 네가 있기 때문이다
이 모든 것은 마음 안에 있으며 지식 감정 의지
움직임은 상황 속에 존재함으로써

현실을 직시해야 한다

마음을 비우는 것은 자아를 찾는 길이며 가장 소중한
것을 얻기 위함이요 내가 살아있다는
의식 속에 가치와 의미를 부여하는 일이다

영위할 수 있는 소유물은 한순간에 지나지 않는다
내가 나를 찾는 곳에서 나를 발견하지 못하면
계시는 드러나지 않는다
눈이 눈을 속이고 착시 현상도 환시도 허상도

실사구시의 일원(一元)이며 어둠의 장막을 거두고
마음의 벽을 허물어 의식 속에 잠재우고
내 안이 아닌 밖의 내가 누구를 위해 살아갈 것인지 자기
자신이 되어본 적이 있었던가?

내 존재의 사유(思惟)일지도 모른다

* 반구(反求) = 어떤 일의 원인 따위를 자신에게서 찾음

시선(視線)

눈으로는 어떤 것이라도 말할 수 있지만 그러면서도 언제라도 부정할 수 있다는 이중성에 그 눈빛을 고스란히 그대로 재현할 수 없는 존재의 불확실성을 보여주는 실체의 현상에 지나지 않는다 그 실체는 실유의 것이 아니므로 마음은 언제라도 변할 수 있는 생물이 아닌가! 눈길이 머무르는 곳엔 의지의 기억 이지에 기억에 회상되는 것 시선이 사람의 마음을 사로잡는 강렬한 눈빛을 가졌지만 마음을 꿰뚫어 볼 수는 없다 찰나의 순간에 사물을 포착하거나 예리한 판단과 날카로운 예지가 눈이 눈을 속이고 마음까지 속일 때도 있다 눈길 속에 피할 수 없는 시각(視角)에 바람이 일고 영업용 미소를 띄운다 깊이를 헤아릴 수 없는 눈 어떤 형체도 눈이 보는 것을 마음이 전달하지는 못한다

느리게

급할수록 돌아가라고 했다
서두르면 잘 보이질 않고 실수를 저지른다
아무리 바쁘다고 방향을 일탈하면 느리게 걷는 것만
못하다

잠시 쉬었다 가는 길이 지름길이다
느리게 더 깊고 넓은 세상을 보자
느릿느릿 황소처럼 걸어가면 더 오래 걷는다
천천히 걸으면 더 자세히 보인다

빨리 피고 빠르게 지는 꽃보다 느리게 피고 디디게 지는
꽃이 더 아름답고 향기롭다
길게 보고 멀리 보고 오래 보고 더 많이 듣고 느끼자
하루아침에 이루어진 것은 없다

모든 것을 마음에 품으면서 뜻을 세우자
찻잔 속의 하루가 땀을 흘리며 밑에 깔린 코스터를 적시고
있다
막다른 골목에서 뒤돌아가라고 했다
멈춰야만 보이고 떠나야만 알 수 있다

내 속에 오늘이 그득하다

황금 가지

거친 바람에 이는 잎새는 두려움에 전율을 느끼며
새파랗게 겁에 질려 얼빠진 춤을 춥니다
당신의 그늘을 만들어 놓으려는 절절한 몸부림은 제 가슴을

문질러 놓고 삶의 역경을 딛고 일어나는 아픔입니다
잊히래야 미련은 단념할 수가 없는 당신에 대한
애착입니다

세상을 살아가는 동안 세상과 맞서며 세상 속으로
들어와 진통을 겪는 마음에 일어나는 근심거리입니다
우리는 영원토록 함께 할 수밖에 없는

불가분의 관계로 서로 상종(相從)하며 바람을 막아주는
울타리입니다

찰나와 순간 사이

자유와 소유욕의 무한 속에서 백사장 모래톱의
조가비만도 못한 자아를 보고 야생의
들꽃에서 자연계의 평등하고 차별이 없는 진리를 본다

그것은 직면과 고통을 초월한 별개의 내면의
우주를 담은 다른 모습의 모양으로 달려왔다
이 모든 것은 찰나와 순간 사이,,,,,,,

바람의 역풍은 연(鳶)을 죽이기도 하고 강(强)하고
더 높게 날아 치솟는다
빛과 자유의 유한 속에서 유리-벽을 깨트리려는 파란과
곡절을 통해서 거울에 비추듯이

언어는 무형의 가치라는 거칠고 형태 변화 속에
분절된 활자를 조탁해 어둠에 눈이 익기를 고대하며
시는 또 다른 생명이 될 수 있는 배아세포이다

수염 달린 짐승

나뭇잎이 나부끼는 가지 끝에 바람은 그칠 줄 모르고 햇볕은 누더기-옷을 입고 하늘은 쓸쓸한 두께에 불과했다 바람은 날개가 꺾일 때마다 심연의 깊은 곳에서 일고 있는 저류였다 욕망에 사로잡힌 수염 달린 짐승은 사리사욕의 끝없는 번민에서 헤어날 길이 없다 스스로 자아를 태우기를 멈추지 않는 촛불처럼 어둠에 불꽃을 태우며 염소의 탈을 쓴 발로는 사람들의 교만함과 시기심의 발동이다 사는 것은 척도(尺度)가 없다

팽이

세월 그 몇 굽이의 잔등-이를 후려쳐 서린 한이 풀릴 때까지 갈기어 치환의 상태로 돌려놓아라. 굴곡 많은 생애 시달림을 받아 기운이 쇠해지면 포승줄에 휙휙 감겨 삶에 얽매여 갈가리 찢긴 육신을 닳도록 쳐라. 너의 정신적 척추는 그 꿋꿋함과 자신의 의지에 고삐를 쥐고 세상이 속이고 배신해도 돌고 돌아야 하는 넌 번뇌의 포로이다. 시간이 기쁨 대신 신음을 던진다. 벽과 벽을 허물고 마음의 밭에 불을 질러라. 온갖 세파에 부딪히고 부대끼어 고통이 부스러질 때까지 돌 거라. 지축이 흔들려도 소리-치며 돌거라. 너 자신이 꽃이 될 때까지 쉬지 말고 돌아라.

바람은 내계에서 흔들린다

떠도는 바람은 일정한 형태가 없다
바람은 청동의 음성(칼)으로 거칠고 변화무쌍하여
피상의 세상에 변덕과 모순으로 가득 차 있다

바람이 청보리밭에 둥지를 틀고 성찬을 차려놓고
가무를 즐기며 이랑 사이로 외눈박이
새끼를 낳고 파장을 일으키며 들녘을 지나 강으로
갔다

그 바람의 입김에 흔들리고 눕고 일어나는
자연적 현상에 고깔을 씌우고 세상을 속이려고
세상처럼 보이려고 더께가 앉은

삶이 꽁꽁 얼어붙었던 시간의 흐름이 녹아서 비릿한
내-계에서 파닥거린다
내 가슴에 안기는 실체 없는 바람이여,,,,,,

아내의 강

문밖의 발자국 소리만 들어도 누구인지 알 수가
있는 사람입니다 그의 눈빛만 봐도 무엇을 말하는지
짐작할 수 있는 사람입니다

기나긴 세월이 흘러도 그의 마음 전부를 알 수는 없습니다
사람의 마음도 깨물 뼈를 하나 갖고 싶어 합니다
그 사람은 가장 가까우면서도 어쩌면 가장 어려운 사람일
지도 모릅니다

일상의 끝에서 하루가 그의 손끝에 익어가고 손길이
닿지 않는 곳엔 무시로 하얀 생각들이 날개가
돋칩니다 그 사람은 겸손과 미덕을 가진 어질고 순한
사람입니다

그 女人은 의지가 강하면서도 연약한 것 같지만 생각하는
능력이 빠르고 관찰안을 가졌으며 삶을 관조할 마음의
여유를 찾는 슬기로운 女人입니다

남의 실수를 탓하지 않고 이해와 배려로 허물을
감싸주는 속 깊은 사람입니다
自己 공로의 흔적을 내색 한번-하지 않는 무등(無等) 같은
그런 사람입니다

어깨는 내어줄 수는 있어도 등을 지고 같이 살아갈
수가 없는 지음(知音) 같은 사람입니다
하늘엔 나를 비추는 거울이 있고 세상에는 나를 주시하는
많은 눈과 귀가 있습니다.

양심에 거리낌 없이 행동하고 마음이 견결(堅決)한
사람입니다 내 모든 것을 다 내어주어도 아깝지 않은
사람입니다

질곡의 세월에 뒤안길을 베어 물고 삶의 고삐를
쥐고 제 몸을 세상 밖으로 내던짐으로써 내 안의 자아를
찾는 자비로운 사람입니다

* 견결(堅決) = 의지나 태도가 굳세다

숨죽이다

여울목의 격정에 조약돌이 숨죽이고 나무와 숲과 바위가
정적 속에 숨죽이고 세상에 존재하는 것들이 어둠 속에
숨죽이고 책 속의 언어가 망각 속에 숨죽이고 내가 나를
숨죽이면 자신을 넘어 모든 삶의 방식을 견딜 수 있을까?
척박한 땅에 꽃은 숨죽이고 언제라도 날아갈 듯 높고 험
한 난간 모서리에 앉은 새는 욕망을 숨죽인 채 허공을 할
퀴고 날아갔다

비밀의 숲

열린 문밖과 잠긴 문안의 서로 다른
자신이었던 적 없는 생각에 내적 흉금과 외적
잔재들이 쇠-북을 울린다

마음을 거울처럼 볼 수 없는 것은 자기
자신의 마음을 좀체 드러내지 않는
피상의 견해에 불과하다

마음은 항상 베일에 싸여 있어 겉으로 내면을 들여다
볼 수 없는 방벽에 싸여 있다
오직 자기만이 숨겨둔 비밀의 숲이다

인적이 없는 미로 속의 그 숲에는 눈(目)이 있고 커다란
귀가 달려있다

무언의 밤

밤이 다른 현상(現象)을 그리고 있다
처마에 매달린 백열등이 열반에 든 밤의 껍질을
한 켜씩 벗기고 있다

밤은 달빛 조명을 받으며 독백을 읊조리는
무언극에 소리 없는 밤은 아무도 들을 수 없는
귀를 가지고 있다

암흑의 밤은 밑도 끝도 경계도 없는 현실을 넘어서는
아수라 번뇌나 고통에서 벗어나는 자기 침잠의
세계에 든다

무언의 밤이 온 세상을 집어삼킬 듯이 소리 없이
걸어오고 있다
발자국도 남기지 않고,,,,,,

물그림자

강물의 입자들이 내뿜는 햇빛의 파편에 숨죽이고
모진 풍파의 부침(浮沈) 속에서도 물은 온갖 것들을 차별
없이 다 품으면서 융화되어 녹아든다

강물의 흐름을 막는 장애물 때문에 거품이
생기고 다양한 감정의 건반 위에서 요동치는 물의
몸부림이다

무의무탁한 물은 담수에 갇혀 요지부동의 상태
그 상태인 것 달빛이 숨통을 옥죄이다
바다는 해일과 파도가 일고 스스로 씻어야 할 오욕(五慾)을

끊임없는 물결이 굽이치고 세상 밖으로 떠밀어 내고
있다
물그림자엔 별빛이 서리다

二 部

바다를 내놓은 고등어

물결 없는 대지의 바다는 바람소리 소란스러워 귀를 막고
입 다물고 눈 감으며 하늘을 올려다보았다

개개비

갈대밭에 개개비가 제 목소리도 잊은 채
설장구를 치며 노래를 하고 춤춘다

둥지 없는 뻐꾹새는 탁란(托卵)의 비숫거리로 얼룩진
뒤안길의 석양에 타는 저녁놀을 꾸역꾸역

삼키며 염치없이 이율배반적인 짓을 자아내고 있다
조용하고 잠잠한 숲은 새들의 자궁 지각없는

바람은 일을 들쑤셔 잔잔한 피동을 일으키며 상상할 수
없는 산실의 비극이 현실 도피 현상에

가로놓여 있다

기다림을 먹다

바람이 손님처럼 여닫는 허술한 사립문이
반쯤 술에 취해 비틀거리고 문설주에 돌쩌귀가
삐걱거리고 있다

오래된 기다림 속에 세월이 멈춰버린 듯
빛바랜 빈집 툇마루에 거미가 쳐 놓은
그물에 바람이 드나들고 보풀 같은 시간이 마른기침을
한다

온갖 풍상 속에 허물어진 돌담이 널브러져
자취만 남아 지난날의 향수에 젖는다
잔향(殘鄕)의 하늘엔 별빛이 모여들고 구름 구두를
신고

먼 길을 달려온 그리움이 새벽을 밀어낸다
눈(雪)이 길을 지우고 두절된 혼(魂) 집에 붉은 달이
기대는 듯하더니 비죽 튀어나온 너럭바위 위에
걸쳐 있다

* 잔향(殘鄕) = 황폐하고 보잘것없는 시골

나는 꽃이 되고 싶다

온갖 쓰레기 더미 속에서도 꽃은 피어나고 잡초
속에서도 아름다운 자태를 드러내 공기의 피막을 뚫고
화향(花香)을 풀어 놓는다

네가 인(人)으로 다가섰을 때 꽃은 사랑으로
화답을 했고 내가 힘겹고 고단할 때는 마음의 위로를
받았다

바람의 손짓에 구름은 숨 돌릴 사이도 없이
짐승의 발자국을 찾아 따라갔다
사람마다 한 가지씩 가시가 있어도 꽃은 마음에 상처를

주는 가시가 없다
그 꽃에 현혹되거나 매혹되는 이상하고 괴이한
마력의 힘을 가졌으며 마음을 살찌게 한다

그 꽃이 피기까지 매서운 바람살에 씻긴 고통을 무던히
참고 기다리는 법을 배워야 했다
그렇게 꽃이 꽃으로 피어날 때 그 꽃을 꽃이라

부르지 않는 이유는 이미 꽃이 되어준 당신이 꽃보다
더 아름답다

죽은 사회

자유의 깃발을 들고 不義에 항거하며 아우성치는 죽은 사
회에 타오르는 불꽃같이 어둠을 몰아내는 광장의 함성에
귀를 열고 시민의 궐기에 다 함께 일어나라 이 땅에 이상
의 참된 기운이 서리는 그날까지 가슴 웅크리었던 내일을
향해 자유와 평화의 깃발을 들고 꿈을 펄럭이자 죽은 사
회의 영령들이 기운을 내뿜는다

빈자리

시간이 죽어가는 빈자리에 그려진 흔적이 사라지고
실체는 존재하지 않아도 숨결이 살아 채워지지 않는 모습이
형상으로 남아 있다

빈자리는 뜨거운 바람이 그칠 줄 모르고 세상의
무게를 들어 올렸다 내려놓았다 하는 자못
가변적 자리 빛과 어둠의 그림자가 드리우고 쌓아온
아성(牙城)이

소리 없이 무너져 바람 잘 날 없는 허명을 탐하는 아집의
빈자리를 버리지 못하고 있다

수선화

내 사랑 수선화야
곱고 고운 댕기를 드리우고
임 그리워 수평선
너머로 해가 지고 있다

물 위에 달이 뜨면
내 임 같아서 수줍음에 부끄러워
얼굴만 붉히고
외로이 홀로 핀 수선화야

긴 긴 밤 독수공방-애달아
바람결에 흔들리는 내 모습이
애처롭구나!
내 사랑 수선화야

천년을 하루같이 임을 향한
내 마음 가히 없어라!

오늘이란,

오늘이란 명제 앞에 시간을 손에 쥐고 고통의 쓴잔을 마신다. 시간은 사보타주에 때를 놓치면 아무리 후회한들 무슨 소용이 있으며 지난 세월을 찾을 수가 없다. 무의식적으로 허랑하게 시간을 낭비하거나 하루를 가볍게 보는 것은 인생의 결석 사유가 안 된다. 오늘 하루가 나를 이끌어주고 살아가는 모티브가 되고 사람이 살아가는 동안 오늘이란 의미 부여에 따라 세상이 달라져 보인다. 하루가 쌓여 연년이 되고 나날을 슬기롭게 잘 이용해야 후생(厚生)을 누린다. 오늘 할 일을 내일로 미루지 말자. 내일이란 게으른 자의 헛된 망상이다.

봄날의 랩소디

대지의 뱃속에서 새싹들이 요동을 치며 우르르
나와 벨벳처럼 깔린 들과 산기슭에 습지
식물들이 군락을 이루고 이끼가 성한 바위들이 물기를
머금고 몸을 잔뜩 웅크리었던

산사-나무가 햇살에 수액을 만들어 모세관으로
빨아들여 생동하는 색감들에 매혹되어 술렁이는 마음이
꽃보다 먼저 피어난다
바람의 고삐를 쥐고 공중을 활공하는 솔개들의 선회

비행은 한껏 스케이트를 타고 빙판을 지치듯
기운 발기가 솟는 저 푸른 아우성 알 수 없는
무서운 힘에 이끌려 온 산은 붉게 물들인
빛깔이 탐스러운데 아직 익지 않은 바람의 다정한 속삭임에

연연(娟娟)히 춘색을 띤 새색시 가슴을 설레이게 하는
봄은 자기 자신을 까맣게 잊고 있다

벽과 벽 사이

마음의 문을 열 수 있는 자는 마음의 문에
수갑을 채우는 자가 열 수 있듯이 마음의 벽을 허물 수
있는 것은 소통의 부재로 단순하면서도 복잡한

이해관계에 봉착하기도 한다
내적 본성과 외적 행동의 인위적 삶을 사는 것은
거짓되고 허황한 꿈이다

그 벽과 벽 사이 피상적인 견해의 차이로 갈등을 빚은
무성한 언어들이 마음에 상처를 주고 상위(相韙)의
관계로 담금질을 한다

길손

강물의 그윽한 울음소리가 길손의 귀에
걸려 여운이 감돌고 타박대는 길잡이
달은 찰진 에움길을 휘뚤-휘뚤 고개를 넘는다

고적한 길을 산천초목도 반기는 듯이
맞이하고 먼 길을 떠난 나그네의
가시밭길을 헤쳐 나가는 세상살이가 험하고
어려워 난관에 부닥치기도 하고,,,,,

가도 가도 끝이 없는 인생길 쉬어간들
어떠하랴 만은 해는 저물고 갈 길은 바쁜데
정처 없이 떠돌다가 별 밭의 숙소에
시름을 잊는다

모란이 지다

모란이 피던 날 봄은 한나절 꿈만 같아
살면서 몇 번의 봄을 덮으려나
모란이 지고 인생이 가고 보이던 것이 숨결처럼
바람에 녹아들었다

꽃잎이 이울다가 사라진 자기 모습의
그림자를 그리며 가슴의 짙은 어둠을 도려낸다
봄은 온갖 빛깔로 진동하고 색색의
조각으로 깨어져 흩어졌다

봄을 기다려야 하는 그리움에 오래된 시간이
얼어붙어 돌처럼 굳었다
바람이 키운 꽃잎들은 달빛에 젖어 화답(和答)을 하고
다발의 빛을 고요히 바라본다

모란이 지던 날 먹구름이 하늘을 덮고 해묵은
어둠이 걷힌다

* 화답(和答) = 시(詩)나 노래에 대해 맞받아 답함

바다를 내놓은 고등어

모처럼 아내를 따라 시장에 갔다
바다를 버린 고등어는 지독한 고독과 처절한 고통의
차음(遮音) 속에 청맹과니처럼 멍하니 바다의 뼈를
물고 있다

고등어는 바다를 내놓고 여느 집 화롯불에 고염이 녹아
불꽃을 튀기며 적쇳가락의 열반식에 침묵의 소리를
잡아 찢어 바람에 묻고 고등어의 영혼이 빠져나가는 순간
나는 바다를 먹고 바다는 울음을 시원하게 울지 못하고

꿀꺽꿀꺽
참으면서 느끼어 울었다

물결 없는 대지의 바다는 바람소리 소란스러워 귀를 막고
입 다물고 눈 감으며 하늘을 올려다보았다

* 차음(遮音) = 소리의 전달을 막음

The Mackerel that Gave Up the Sea

For the first time in a long while, I followed my wife to the
market.

With vacant eyes, the mackerel that had abandoned the sea
was biting the sea's bones,

suffering from utter lonesomeness and an unbearable loss of
the sound of its habitat.

Having yielded the sea, the mackerel was now placed above
the flames of a household barbecue brazier. Sparks flew
from the

flames as broiling sticks were preparing a ritual meal. The
fish's sound of silence was torn apart and buried in the
wind. The moment when the mackerel's soul escaped its
body, I ate the sea, and

the sea sobbed intermittently,

unable to cry out loud.

The sea of the earth without waves was disturbingly noisy.
Blocking my ears, closing my mouth, and closing my eyes,
I looked up at

the sky.

마음을 짓다

겉으로는 알 수 없는 마음속에 갖고 있는
인간성의 어두운 심연을 들여다보는 의식적 행위의
굴레에 포로가 된다

대수롭지 않게 생각했던 것들에 삶의 발목을
잡힐 때가 있다
제 욕망에 빗장을 걸고 취흥을 구속하고 자기 자신을

감시하고 삶을 관조할 마음의 상태감정에
치우쳐서는 안 된다

고삐 풀린 바람은 밑 없는 몽상에 젖어 바다에
풍랑을 일으키고 그침 없이 출렁이는 바다는 카타르시스의
지독한 독배를 마셨다

궤적을 통해서

너무 욕심부리지도 게으르지도 말고
더 이상 탐욕을 부려 봤자 부질없는 근심 걱정만 불러와
심신이 고달프다오

붙잡고 있다고 해서 다 제 것이 되는 것은 아닌데
물질에 눈이 어두우면 아무것도 눈에 들어오지 않는다는
사실을 훗날에야 느끼게 될 거요

내려놓아야 할 때를 알고 처신을 잘해야 마음
편안히 탈 없이 잘 지내지 않겠소

지나친 물욕은 화를 자초하고 반감을 사는 일이 부지기수인데
사는 일에 얽매이지 않고 잘 살았으면 그만이지 무얼
그리도 바라는가!

모든 것을 잃고 나서야 뒤늦게 깨닫게 되는 과오를
범하는 일이 없기를 적당할 때가 가장 행복하다는 것을
잊지 않았으면 좋겠소

사람의 마음이 변할 때는 죽음에 이르는 병에 걸리거나
절박한 상황에 놓일 때 비로소 깨닫게 될 테니까

봄 처녀

봄의 구름다리를 건너 너울 쓴
봄 처녀 시집오던 날

초록의 벨벳 길을 사뿐히 밟고 제 온다는
소식을 바람결에 언뜻 들었소

춘색에 취하고 연분홍 치마끈이 풀리고
산새들의 지저귀는 여음(餘音) 소리가

바람에 스며들고 산-등을 타고 저미한
구름은 거처도 없이 낮게 떠돌고

대지를 촉촉이 적셔주는 봄비가 나뭇가지에
줄을 매고 있다

초화(草花)

하늘을 보기가 부끄러워 고개를 들지
못하고
항상 낮은 자세로 살아가는 풀의 너그럽고 차분한
성품이 세상을 열어가는 단초가 되었네

여리고 가냘프지만 모진 풍파에 꺾일 줄 모르고
저항하는 굳은 의지와 절개는 순결을
지키려는 연약한 손짓이며 생존을 위한
몸부림이었네

그대 교만한 적 없고 악덕을 저지른 적 없는
겸손과 미덕을 갖춘 어질고 순한 작은
풀꽃이었네
온갖 고초를 다 겪으면서 세파에 시달려도

그 누굴 미워하거나 원망하거나 다투어 본 적 있었던가?

꽃을 피우기 위해서 곤경과 시련과 수많은
곡절을 겪는 아픔도 서리어 있으련만
거칠고 험한 세상에 향기로 감화하려는 내솟는
몸짓이었네

하늘공원

하늘공원에 소풍 나온 달은 어딜 가나
항상 나를 따라다니는
길동무 먼발치에 서서 지켜봐도 얼굴을 마주쳐도
냉-랭하게 하늘공원을 떠돌아다니면서

허공을 안고 환등-처럼 거지중천에 둥근달은
은빛 미광을 내뱉으면서 내면에 품고
있는 무한성에 망아(忘我)의 도가니 속으로
빠져들었다

달의 상상 속의 정원에 토끼가 나오는 환상(幻想)에
사로잡혀 온갖 마음의 작용 현상이 색다르게
조명되고 초월했던 그 생각들이 미래를 열어 갈
새 시대가 도래하는가!

* 망아(忘我) = 어떤 사물에 마음을 빼앗겨 자기를 잊어버림

옥탑방 비둘기

옥탑 지붕에 비둘기 한 쌍이 노래를 한다
지금껏 불렀던 노래는 겨우 두 마디 그것도 대대로 이어온
틀에 박힌 이 음절 곡조다

이제까지 그와 옥탑은 서로 구분 없이 무등(無等)처럼
편히 쉬는 곳이다

한데서 노숙을 하는 들피진 비둘기는 기구하고
험난한 세상을 피의 부리로 쪼아대고 있다
옥탑은 삶의 파편이 별빛에 좁은 창문을 통해 밤마다
꿈을 꾸고 있다

어둠에 드리워진 빛 한줄기 쓸쓸한 옥탑은 쉼목소리로
노래를 읊조리고 있다

더불다

강은 기슭을 기대어 흐르며 느티나무는
허공을 기대며 지탱하고 있다

대지는 무덤이 되어주고 산은 구름을 벗 삼고
시간은 자궁 속에서 앞으로 태어날 많은
사건들이 빗질을 하듯 내재되어 있다

바람의 무게만도 못한 허구한 세월의 간극에도
열매는 익어야만 떨어지고 사물 현상 등이

서로 관계를 맺고 의존하며 종달새는 하늘에 의존하여
날고 앎과 상상과
영감에 의존해 글을 쓴다.

모든 것이 서로 관련을 가짐으로써 존재의
가치를 의식하며 순치지세(脣齒之勢)로 살아가는 동안
의존하지 않는 것이 어디에 있는가!

우리가 살아가는 것은,

붉은 기차

가다가 보면 끝이 보이질 않는데 정작
내가 머무를 곳은 어디이며
쉴 곳은 어디이고 정점에 이르는 곳은
어디쯤인가!

세월은 낯선 객처럼 無心히 찾아들고
눈먼 바람 속에 고독한 기찻길이 뻗어있는 고도로 간
기차는 종착역이 없다
혹시 내가 기차가 아닌가!

끝없이 펼쳐진 광야를 헤매는 기차가
지척불변(咫尺不辨)의 기로에 서서
자기 모습의 그림자를 그리며 저 높은 고원을
향해 막막히 내달리고 있다

우리는 어디로 가는가, 하루 이틀 사흘
그리고,,,,,

三部

어느 봄날에 물들다

바람의 속삭거리는 소리에 봄새 꽃이 지는 줄도 모르고
내가 저물고 있는 것도 미처 몰랐다

봄은 자기 자신이 봄인 줄도 모르고 꽃이
되었다

날지 않는 새

날지 않는 새는 잠들지 않는다
섬이 거친 밤의 어둠 속으로 가라앉을 때까지 이름
없는 별을 쫓아 자기만의 한 섬이 된다

그 섬에는 자유의 날개가 있고 꿈을 펄럭이는
깃발이 있다

바다가 떠-이고 있는 섬은 자욱한 안개가 덮이고
상사불견(相思不見)처럼 멜랑콜리에 시달리고
노스탤지어에 시름하는 무명의 섬엔 바닷새들이 집을 짓고
밤새껏 달빛에 자신을 가둔다

격랑의 섬은 미문(未聞)의 가면무도회가 열리고 수평선
저 멀리서 섬의 커다란 귀를 본다

기다림의 소묘

언제부터인가 내가 나를 기다리고 있었다

바람을 붙잡으려고 놓치지 않으려고 나는 세상
밖으로 떠돌아 그 어떠한 일을 이루려고 마음에 품은
심정과 힘을 다하는

질곡의 세월에 달이 흘린 한 줌의 눈물이었다
기다림에 나이를 망각하고 세월을 낚는 여정(餘情)은
그리움에 저문다

연정에 빠져 침체의 늪에서 헤엄쳐 나올 때 의지(意志)와
이지(理智)로 자신을 이겨냈다
기다림은 자기 수행이며 자아 생존이다

종소리

종지기의 타종 소리가 귀를 공격할 때마다
속세의 번뇌를 씻기 위한 통곡의 소리가 뉘의 얼이
서린„„„
장엄한 의식의 표상인가!

그 종소리가 바람에 변질-되어 마음속에 파고들어
야릇한 감정을 자극하는 곡(哭)소리
같기도 하고 씻지 못할 마음의 죄를 벗어날
길은 선(禪)에 이르는 일이다

참회의 종이 은은히 울릴 때마다 가슴을 헤집어 놓고
마음의 번민에서 헤어날 길은 없는가!
청동의 갈비뼈로 토해내는 저 소리가 파문을
일으키고 번뇌의 포로가 된다

바위

움직일 수 없는 한결같은 마음으로 좌선을 하는
바위는 눈과 열린 귀를 가졌으나 말하는 입이 없다

눈먼 바람이 흔들어 대는 각박한
세상에 지표가 되어 주고 시류에 침묵을 한다

벌거숭이 바위는 세속에서 벗어나 있어 속사(俗事)에
구애(拘礙)되지 않고 제 속으로 젖는지 격랑에 씻긴 바위는
제 몸을 스스로 불사르고 있다

별이 죽어가고 바위의 정적이 감돌아 밤은 무겁고
농밀한 여운을 남긴 채 달을 품은 바위는 원한 슬픔 기쁨

생각을 담은 미문(未聞)의 형태나 상태로 면면이 내려온
천년의 시간을 간직하고 있다

독배

술병 속에 묵연한 추억이 기염을 토하고
낙타의 발굽 소리가 모래바람에

숨어들어 비릿한 시간이 달빛에 그을린 밤이 이슥하도록
귀에 걸린 추억담에 잠기어
낙타는 사막을 끌고 초원으로 갔다

바람은 세차게 부는데 방울 소리는 들리지 않고
죽어간 별은 내 가슴에 잠들어 있다

오늘도 나는 주어진 운명을 거스르며 독배(毒杯)를
마신다

억새(풀)

석양에 타는 저녁놀이 뉘엿거리는 산기슭에
휘몰아치는 바람의 세력에 굴하지 않고
대항해 억압과 맞서서 꿋꿋이 일어나 굽힐 줄 모르는

굳은 의지가 돋보인다

한랭한 맞바람이 세차게 몰아치는 억새의
하얀 머리카락이 바람에 나풀대며 서걱거리는
소리가 을씨년스럽다

억새는 바람과 함께 하늘의 과객(過客)들과 벗 삼아
몸짓으로 두터운 정의(情誼)가 깊어 세월을
엮어 간다

억새는 바람에 흔들려도 영혼을 팔지는 않는다

내가 나를 아는데 15초

얼마큼 낮아져야 내가 나를 알 수 있을까!
마음의 그릇을 채우는 것도 어렵지만
마음을 비우는 것은 더욱더 어렵다 낙타는 제 그림자를
밟고 모래바람에 발자국의 흔적도 없이

지워지는 것도 모른 채 無相의 득도에 이르렀으니
바람소리 새소리의 언어를 알아들을 수 있을까?
살아가는 이유도 우주에 일환이며 모든 것은 마음 안에
있으니 실유의 물질도 결국은 내 것이 아니다

바람은 사람의 마음을 흔들어 놓고 벽을 넘고 경계를
넘어 어디로 가는가!
내가 존재하는 것은 바람에 흔들리는 잎새를 보고 비로소
느끼듯이 바람의 실체를 본다

샘은 물을 퍼내야 고이듯이 마음의 밭에 불을 놓고 자신을
태워야 내가 나를 볼 수 있을까?

달밤

은하가 흐르고 초가지붕 같은 달이
강물에 어리어 밤이 부스스 눈을 뜨고 어슷거리는
바람이 기척도 없이 살랑거린다

달빛이 여울지는 밤은 숨죽이고 깊은 고요 속에
잠든 세상이 새근거린다

달은 창문 틈으로 대청마루에 피륙 한 필(疋)
던져주고 짐승처럼 떠났다 어둠에 빛을 토하고 죽어간 별이
우박처럼 떨어져 그림자를 드리운다

바람이 스치울 때마다 밤의 그늘에 달빛 먼지가
쌓인다

내 얼굴에 침을 뱉어라

악이나 불의에 수수방관하고 사회의 부조리에
항거하지 않는 자
조삼모사(朝三暮四)로 해(害)를 끼친 자

호가호위하며 위세를 부린 자
못된 수작을 부리고 말과 행동이 불순한 자
갈등과 반목과 대립으로 서로 미워하고
질투하고 시기하는 자

마음의 양심에 죄를 짓고 아무런 죄의식 없이
뻔뻔하고 염치없이 태연한 척 위선에 찬
행동을 하는 자 신의를 저버리고 망령(妄靈)되게
하는 자

사람들 앞에서 잔꾀를 부리며 없는 사실을
그럴듯하게 꾸며서 어려운 지경이나
궁지에 빠지게 하는 자 아무런 가책도 없이 거짓과
이간질로 근심 슬픔 노여움을 유발하는

마음보가 고약한 자

강자에게 비굴하고 약자에게 능멸하는 자
패륜을 저지르고 인륜을 저버리는 자

사리사욕에 눈이 멀어 앞을 가리지 못한 자
손끝으로 튀김을 당한 자

내 얼굴을 하늘에 대고 침을 뱉어라

어느 봄날에 물들다

꽃을 시샘하는 듯 비가 촉촉이 내리고
훈훈한 봄바람이 잦아든 가지에 이야기꾼 새들의
지저귀는 소리가 들려오고

햇살이 빗질하듯 내리고 봄의 기침 소리가
산야에 들썩거리며
바람의 속삭거리는 소리에 봄새 꽃이 지는 줄도 모르고
내가 저물고 있는 것도 미처 몰랐다

봄은 자기 자신이 봄인 줄도 모르고 꽃이
되었다

낮과 밤의 소명

어둠에 실낱같은 한 움큼의 빛을 주먹에 불끈
쥐고 길눈을 찾아가는 보헤미안이다
가로등은 밤거리를 지켜주는 파수꾼 밤은 달빛 사냥 놀이터

낮은 겉과 속이 다른 의중(意中)을 알 수 없는
눈속임이다

그것은 실재의 사물 사상(事象) 사유 체험 등으로
일어나는 과거와 현재의 명암이 엇갈려도 미래는
현재의 실마리가 되고

빛과 어둠은 불멸의 미적-범주이기도 하지만 공간 속에
생동하는 다른 형태이다

마음자리

교만 방자(放恣)하거나 만용을 삼가고 겸손과
배려와 신뢰를 심어주고 오해와 노여움을 풀고 아집과
오만과 편견을 버리고

마음가짐이 올바르고 가식이 없고
부주의 실수로 과오를 범해도 눈감아주고 배려와
용서와 이해로 포근히 감싸주며

남을 함부로 모함하거나 저지른 실수를 고자질하고
꾸밈이나 거짓이 없는 사람 내 마음을
다 내어주어도 아깝지-않은 사람 시작과 끝이 아름답고

중용(中庸)을 지키며 예지를 가진 사람
어느 상황 속에서도 올바른 생각을 하고 감정과
이성을 잃지 않는

가슴을 설레게 하는 사람 항상 심지가 곧은 마음을 지닌
사람 쓴소리가 불신의 벽을 허물다

의자 그리기

침묵하는 의자는 겉으론 드러나지 않는
공막(空漠)한 황야를 가졌으며 가뭇없는 의자들이 속 빈
바람에 등 떠밀려 방황의 숲에서 별을 끌어안고

까만 밤을 지새운다
의자는 자신의 자아를 위해 자기를 세상 밖으로
내던짐으로써 인간과 밀접한 유대 관계를 맺는다

모든 인류가 누구나 편안히 앉을 수 있는 자리가 되어주고
수시로 얽힌 일들을 풀어서 결말을-맺는 소통의
자리이며

그 자리는 그늘이나 빛과 그림자가 깃들거나
반향을 불러일으키기도 하고 정수(精髓)로 사상의 근간을
이룬다

흠집

아내가 시장에서 사과 한 상자를 사 왔다
흠집이 있는 낙과였다

과수원에 나뒹구는 얽은 자국이 있는
상처 난 낙과들처럼 하루에도 수도 없이 잘려 나간
생각들이 내 처지와 비슷했다

그렇게 낙과처럼 떨어져 난간 모서리를 꿰어-찬
바람처럼 고달픈 인생을 달관하면서 심연 위로
통점이 떠나가고

멍든 상처를 도려내고 껍데기를 깎아낸 하얗게 여윈
속살의 서사 흠(欠)이 있는 내 존재 자기관찰이며
묻어두고 살아가기엔 지울 수 없는 오점이었다

지난 일들을 들추어내거나 남모르게 감추어진 상흔
그 아픔의 은신처 편견과 아집으로 아리고 쓰린 상처를
참아낼 수 있을까!

누구 하나 흠이 없는 사람 있는가!

바람이 일다

좁은 골목길을 누비고 다니는 노상(勞傷)의
리어카가 허기진 시간을 부풀리며 풋사과 더미들이
올망졸망 눈길을 끌고 있다

부단한 삶을 덧입혀 하루를 팔고 사고 흥정을
하고 스쳐 지나가는 바람의 손을 놓지
않으려는 삶의 무게가 짓누르고 억압과 맞서며 살아가기엔

간극이 너무 커 쌀쌀한 바람이 일고 있다

* 노상(勞傷) = 갖은 고초로 마음에 상처를 입음

탈(脫) 바다

바다는 세상 사람들이 뛰노는 지구의 놀이터이고
스릴(thrill)이 넘치는 욕망에 사로잡힌 삶의
근거지가 되고 자유와 평화가 공존하고 이상의 꿈을 실현
하는 탈(脫) 바다는

영구히 존재하는 인류애의 원천이며 생활 속의
부산물이다
큰 물결 위에 솟아오른 아우라가 분출되고 욕정을 품은
벌거벗은 바다가 너울대고 있다

.

마음 가는 대로 생각 따로,

마음과 생각은 콘크리트 반죽이 아니다
남의 마음은 첩첩이 베일에 싸인 미지의 세계다
마음은 상황에 따라 변심하는 아첨꾼이고
심술보다

작은 야욕 때문에 대립과 다툼과 질투와
시기(猜忌)와 분쟁으로 야기되어
성마르게 말썽을 빚는 소지가 끝없이 번민에서
헤어날 길이 없다

내 맘 가는 대로 생각 따로 선택의 여지를 남겨놓고
믿음과 신뢰가 깨지면 허망하고 열려 있는
마음에 문이 닫히고 올바른 생각과 지조를 지키면
마음의 문은 여는 자 많이 열 수있을 것이다

바람의 집

바람은 숲에서 새끼를 낳고 웅성거리는
돌담들이 소리 없는 아우성으로 침묵을 물어뜯고 빈터엔
성한 이끼가 낀 고목과 바위들이 회인(懷人)의
집 한 채 품었다

세월의 모퉁이에서 발자취를 더듬으며 과거의 조명에
굴곡진 변화를 겪으면서 요연한 것은
잊힌 추억은 현실이 아니어서 생각에 허우적대며 길을 잃은
바람처럼 들뜬 마음에

그리운 것들이 펄럭이고 기다림은 어둠길을 밝히는
이륜마차의 등불이었다

山菊

길섶에 핀 산국에 마음을 빼앗겨 무심코
그 꽃을 꺾지 말아야 했다

그렇게 모진 비바람 속에 꺾이지 않고 흠뻑 젖은
꽃망울이 여인(麗人)처럼 아려-하다

서리 맞은 산국이 은은한 꽃향기에 매혹되어
슬픔을 마시는 숨소리가 거칠다

가을이 죽어가고 죽어간 것들이 날개를 달고 떠나야 할
여정의 순간 나만의 서시(序詩)를 쓴다

계단을 오르는 사람들

삶을 삶아 내는 즈믄 날 신발 끈을 졸라매고
노동의 발품에 고삐를 죄고 하늘에 활의 시위를 당긴다

항상 직선보다는 에움길을 택한 뱀처럼 지혜롭게
기다리는 법을 배워야 했다

과거와 미래의 경계 선상에 현재를 살아가는 군상들은
짐승같이 정념에 사로잡혀 자아를 망각하고 있다

귀가 번쩍 뜨이고 쉬운 길은 위험이 도사리고 가시밭길은
험하지만 역경을 딛고 일어섰다

한 발자국씩 내디디며 계단을 오르는 사람들이 옥상가옥을
짓고 있다

四部

都市의 달

석양판이 지나고 밤이 되면 박쥐 떼처럼 새로운 땅을
찾기 위해 거꾸로 매달린 세상을 붙잡고 있다

나무와 말 걸기

어느 날 나무 한 그루가 자기와 함께 놀아 줄 수
없느냐고 말을 걸어왔다
온몸에 비듬이 서리고 까칠하고 초라한 낯선
유(類)나 속(屬)이나 종(種)이 다른 나무를 바라기 어려워
좀더 지켜 보면서

어디서 굴러왔는지 출처도 분명하지 않고 가늠하기가
어려워 형편을 엿보면서 살펴보아야 한다는 의견이
분분하다 자연의 생태계에서도 군림하고 서열을 따지고
보이지 않는

암투가 벌어지고 힘에-의해 기득권을 누리는 계층
세력의 위세에 눌리어 천대받고 멸시를 당하고 전락하고
고사(枯死)하는
나무를 본 적이 있었는가!

나무들도 각자 보이지 않는 암투에 경계를 늦추지
않고 영역 다툼에 해의 반조(返照)를 쐬려고
횡행하는 그들만의 집단사회가 인간 소외와 별다름이
없다 개체가 모여 전체 속의 하나가 되듯이

나무의 단면을 헤아려 본다

밤(夜)을 줍다

밤을 줍는 사람들은 채광창에 달빛을 걸어 놓고
심연의 닻을 끌어 올리려고 삶의 선험적 인식의 변화를
꾀하고 탈-바꿈을 하다

칙칙하고 팍팍한 하루를 되새김질하면서 밤의
정념에 사로잡혀 환상에 잠기다
어둠은 전체를 하나의 색깔로 묶어 놓고 차별 없는 새로운
세상 속에서 자유를 누리다

내 마음의 등불을 켜고 지각(知覺)의 표상이 의식 속에
들다

새벽 강

안개가 자욱한 새벽 강은 수줍음에
제 몸을 감추고 하늘이 번하여 겹겹이 두른 옷을
벗었다

신비한 강은 청아(靑蛾)한 나신을 드러낼 때
마음 졸이며 부끄러움에 어찌할 바를 몰라 소리 내어
울었다

강물은 세월을 담아내고 그리며 마음에 두고 떠날
줄을 전혀 모르고 연정을 품었다

유유히 흐르는 강은 황파(荒波)를 겪으면서 속박에서
벗어나 굽이굽이 감돌아 흘러서 가는데
어찌하여 이 몸은 속세를 벗어나지 못하는가!

* 황파(荒波) = 험악한 세상의 풍파를 비유적으로 이르는 말

바람의 노래

바람을 본 적은 없지만 나부끼는 청보리 이삭을 보고
그때야 비로소 바람인 줄 알았다
바람은 산등성이를 넘고 들판을 가로질러 찾아들고 인간의

자유의지를 표방하는 상징적 가치와는 별개의
것이다

바람은 전령을 받고 소식을 전달하는 우체부가 되어주기도
하고 때로는 가무를 즐기며 유랑의 길을 떠돌아다니는
한양(閑養)이 아닌가!

바람의 세력이 미치는 곳마다 쥐락펴락 세상을 뒤흔들어
놓고 고통과 곤경 속에 빠트리기도 하고 시대의 물결에
파문을 던지다

바람은 무한의 존재이며 사람이 점유하여 처분할 수
없는 재화다 바람은 종횡무진 휘젓고 만용을 부리기도
하고 음풍농월을 읊기도 한다

지푸라기

빛이 먹빛이 될 때까지 천신만고 끝에
일구어낸 수확의 열매이다
볏짚은 배고픈 짐승에게 허기를 채우고 낟알은
살아가는 데 양식이 되었다

새끼를 꼬아 동아줄이 되고 용마루에
이엉을 엮고 초가집을 깨우고 외양간의 소(牛)가
여물을 씹고 그 입들은 살찐 시간을 먹는다
수미-산 지푸라기는 환생(幻生)의 꿈을 꾸는가-

종적도 없이 떠도는 넋이여,,,,,,

도요새

어느 하늘 아래 그 어디에서 떠돌아
헤매다가 이제야 돌아왔느냐!
만 리 이국땅 낯선 곳에 도요새가
되어 날아-돌아온 슬픈 영혼이여 조각달이 사위어
가고,,,,,,

이산(離散)의 아픔을 하늘마저 흐느끼게
하는 절망의 늪에 빠져 목 놓아
슬픔에 울었나 보다
현실의 높은 벽에-부딪쳐 왕래가 끊긴 지경(地境)의
길목에서 도요새는

공중을 배회하며 동경했던 도래지에 둥지를 틀고
이상의 날개를 퍼덕인다

都市의 달

거대한 이 도시를 상징하는 빌딩 숲은 생존의 치열한
인간 사회의 단면을 보여주는 관심사로 떠오르고 보금자리는
선망의 대상이 되기도 한다

시간을 옥죄는 타임리코더의 거친 삶의 굴레에서
벗어나기 위해 안간힘을 쓰고 그들은 밤을 초조하게 기다리며
낮을 잃고 아침이 오는 것이 두려워

석양판이 지나고 밤이 되면 박쥐 떼처럼 새로운 땅을
찾기 위해 거꾸로 매달린 세상을 붙잡고 있다

허울 좋은 하눌타리에 매인 회색 도시의 붉은
달은 사보타주를 하고 현실을 도외시하는 망중(忙中)에
빛을 잃는다

루머(rumour)

구름 한 점 없는 침몰을 본다
언어가 부러지고 잘려 나가고 파다한 조탁성(鳥啄聲)에
식상한 모습의 그림자를 지우려 했다

진실게임에 루머가 난무하고 희대미문의 말들이
공기의 피막을
뚫고 잉크처럼 풀어 놓았다

편향되고 왜곡하고 그릇된 생각이 점차 심화-되고
대립의 양상으로 치닫는 현실을 도외시한 처사가 굴뚝에서
연기처럼 모락모락 피어오른다

모든 곧은 것은 우리를 속인다
가벼운 말의 여파로 파생되어 자극을 주고 영향을 받고
진리는 굽어 있으며 시간 자체도 둥근 고리다

모든 것들이 자아를 넘어 침묵이 되고 언어가 날조되어
파동이 일고
상태 변화를 꾀하고 있다

* 조탁성(鳥啄聲) = 사실이 아닌 말을 듣고 잘못 옮기는 헛소문을 이르는
말

황야

숨소리가 거친 들판에 뱀의 더운 피가 이글거리고
인적이 드문 삭막한 황야에는 권태 초조 희망
불안에 휩싸이어 매서운 바람살을 안고 휴면 상태의 메마른
대지에 공기뿌리가 내리지 못하고 고갈이 들어

파리하다 아무도 돌보지 않는 버려진 황무지에 모진
풍상을 견뎌낸 들꽃이 내 나약한 마음에 굳센
의지를 보여주고 가냘픈 생명으로부터 살아가는 존재의
이유를 터득-하다

신발 학

신발은 무거운 몸을 등에 업고 군소리 한번 내지
못하고 주인의 길을 따르는 복심의 심복이었다
신발은 발에게 푸대접을 받았으나 사랑으로 기억하고
있는 것

신발 밑창이 닳아 헐떡이고 매어놓은 거친 시간을 조이듯이
잡아당겨 숨통을 옥죄인 발가락이 힘겹게 세상을
들어 올린다

신발은 주인의 성향에 맞춰 형태는 달라도 마음을
사로잡아 덧붙여 떨어져 살 수 없는 동행자
눈에 멀어지면 대수롭지 않게 여기던 것이 촉지(觸地)가 되면
주인을 위해 위험을 무릅쓰고 몸을 하시(何時)라도

도사리지 않는다

신발은 자유분방한 생활에 물리어 웅절거리지만
주인과의 의존관계는 피할 수는 없는 운명을 타고났으며
신발은 주인의 충직한 하인이었다

잡(雜)-풀

늦가을 무서리가 풀의 숨통을 죄고
고통에 몸부림치며 시들어 소리
없이 죽어가는 꽃이 마지막까지 씨앗을 맺는 모습을
차마 느끼이 보았는가!

희망은 세상의 빛이요 절망은 길 잃은 영혼이다
마른 땅에 꼼작이는 조막손 같은 여린 생명이
바람에 눕고 일어나 흔들려도 굽히지 않고 버티어 내는
굳은 의지가 강하다

심지를 올린 등잔불이 어둠을 밝히고 있다

시간을 버리면 멈추다

우리는 시간을 가짐으로써 인생이 시작된다
시간은 늘 우리를 간섭하고 지배하고
괴롭혀 왔다

시간에 목맨 사람들 그렇게 시공간의 굴레에 제약을 받는
수인(囚人)처럼 끝없는 번민에 시달려 왔다
시간은 무서운 괴물이며 으르렁대고 포효하면서

겁박 지르고 강압적이다
시간은 욕망을 팔고 사는 타고난 장사꾼이며 노련한
사기꾼이고 도둑이다

시간에 걸리면 모든 것이 수포로 돌아간다
시간은 불신의 행위를 조장하고 잘못을 일으키게 하는
범죄자다

시간은 간교하고 교활하기 짝이 없는 협잡꾼이다
시간은 따라잡을 수 없는 전지(全智)한 능력자이면서 긴장을
풀지 않는 마블(marble) 같은 존재이며

시간의 덫에 걸리면 헤어날 길이 없다
시간은 노련한 의사이면서 철학자이며 법을 집행하는
저승사자이다

빈손

실체 없는 바람은 모든 세상과 맞닥뜨려
좌충-우돌 한다 빛 공기는 소유물이 아니다 희망은
빈손을 채우는 무엇과도

바꿀 수 없는 값진 보물이다
내가 바람이었고 구름이었고 소나기였다
빈손은 마음을 담을 수 있는 그릇이다

공(空)은 울림이 있고 언어가 있고 모든 것을
받아들일 수 있는 공간이며
장소이고 자기 방식이며 자기 표현이다

빈손은 세상과의 대면을 통해 감정을
나타내고 작은 일에 구애(拘礙)받지 않는 마음을
비우는 자유로운 영혼이다

어머니의 바다

어머니는 집이었고 밥이었다

어머니는 집을 메고 삶을 휴대하고 다닌다
어머니를 생각하면 못내 그리워 폐부 깊숙이 구멍이 뚫려
나가고 허전한 마음이 휑하여 밤이 이울도록 켜로

쌓여 손길이 닿는 곳마다 흔적이 고여 있다
어머니는 한 번도 그녀 자신이었던 적이 없는 자기
자신의 몸을 던져 자식을 위하여 어떤 희생도

감수하면서 모든 걸 죄다 내주었다 삭풍에 살을
에듯 어머니의 곤고(困苦)한 삶에 고목이 들고
주름진 얼굴에 박제된 검버섯은 액자 소설처럼 파란

많은 생에 훈장처럼 꽃으로 피어났다
궂은 날씨엔 삭신이 쑤시고 옆구리가 시리고 팔다리가
저리어 뼈마디마다 바람이 송송 들고

남모르게 흘리는 눈물이 흥건히 두 눈에 괴어 바다가
되고 먼 산을 바라보는 어머니의 무거운 눈꺼풀이 힘겹게
세상을 들어 올린다

노년의 자유

모든 걸 다 받아들이고 포용할 수 있는 순수한
자연인으로 살고 싶다
조금 느리게 헐렁하게 부담 없이 살아가는 노년의 여생이
더할 나위 없이 좋다

하고 싶은 대로 마음 가는 대로 있는 그대로
자기만의 시간을 언제나 가질 수 있는 노년이 더 좋다
걸림돌이 없어 좋고, 여유롭지는 않지만 바랄 게
없는 한 그루 나무이고 싶다

구속받는 자유보다는 거리낌 없이 자유자재로
행동하는 바람이고 싶다

마음을 나눌 수 있는 지음(知音) 같은 친구가 있어 좋고
양심의 가책을 느끼지 않고 모든 일에 부끄럼이
없고 아무런 꾸밈이나 가식이 없는 순진무구한 삶이
더 좋다

구김살 없는 자연과 벗하며 마음이 있는 존재로
평안을 잃지 않아서 좋고, 내(來) 길목에서 주저하거나
서두르지도 않고 작은 일에 구애(拘礙)되지 않는 삶의
관조 속에 마음의 여유를 찾고자 했다

노년의 바다는 해와 달과 별을 품고 산다

궁창(穹蒼)

바라만 보아도 아름답다
멀리서 보면 심화된 황홀경에 빠지고 자세히 보면
눈이 부시고 시리다

시공간을 유영하는 해체이탈의 신세계
예술 공간 매체의 극치이며 인간은 하늘을 두려워하면서도
품에 안으려는 자세는 자의식-만은 아니다

채운(彩雲)이 드리워진 하늘은
뜨겁다
끝없는 욕망을 불러일으키는 신비한 세계로
번뇌의 망념을 벗는 장소다

하늘은 항상 우리를 감시하고 조율하고 뉘우치게 하고
참회하게 하는 선지자이다

진리는 창부(娼婦)다

바람이 선동하고 소란을 일으키고
구름은 지긋이 입을 다물고 하늘을 떠받치고 있다
모든 것은 내적 존재와 허상에서 빚어진
일이며 마음의 갑옷을 벗고 눈 없는 자아가
찾고 더듬고 상태 속에 혼돈에 빠져 꿈의
환상(幻想)이 누더기의 옷을 입고 진리는 몸을
파는 창부다
덮어 감추거나 가리어 숨긴 진리는 강한 독성을
가지고 있다

속-되다

겉과 속이 같을 수도 있고 다를 수도 있다
겉이 좋으면 속도 좋지만 그렇다고 속조차 다 좋은 것은
아니다

사람은 겪어봐야 알 수 있듯이 모든 이치가 그렇다
속단은 금물이다 그럴듯한 겉-치레에 눈이 현혹되고
달콤한 말에 귀에 걸리고

살아 보아야 알고 아파 보아야 자명하듯이 상처 입은 낙과도
속은 하얗고 때 묻지 않았다
상황 속에 자기 자신을 속이면서 부질없는 넋두리로
환심을 사려는 상품으로 포장하지 말라

겉과 속이 또 다른 현실 속에 나를 본다

단상(斷想)

얼마만큼 낮아져야 바람의 소리를 들을 수 있고
내가 나를 죽일 수 있을까?

사람은 죽는 날까지 한평생 고통 없이 살아갈 수도
헤어날 수도 피할 수도 없는 운명적인
골칫거리입니다

누구나 걱정 근심 없이 온전한 평온을 유지
하기란 어렵습니다 마음의 짐은 덜수록 가볍고 욕심은
품을수록 끝이 없으니 마음이 흔들리는 것은

비단 물질에 의해서가 아니라 단념할 수 없는 미련을
못 버리는 것은 마음에 병인 것처럼 자기 자신을 벗어나지
못한 행동입니다

인생길

인생길은 거칠고 어둡고 깊고 태양처럼 작열하고
구름처럼 변덕스럽고 풍파가 일고
바람 속에 갇힌 섬처럼 정신이 혼미할 때도 있고 걷고
걸어도 끝없는 天空에 우뚝 솟은 태산처럼

게으른 거지의 눈(目)이 깜박할 사이 상상 속의
무한년한 지구궤도를 왕래-하고 자취도
없이 사라지는 티끌 같은 세상살이가 상실과 고초로
마음에 상처를 입고 망나니 삶의 괴물에 물리어

갖은 고생을 반복하면서 몸을 팔아서 그대는
무엇을 얻었는가! 그래도 혹자는 인생길은 저승길보다는
낫다고,,,,,

五部

郷愁

그리움을 빨래줄에 널어놓고 바람을 쐬고 볕을 쬐려고
펼쳐놓았다

흐린 날의 어느 오후

소가 밟아도 깨지지 않은 거리에 회색 먼지가
피를 빨아들이고 있다

바람의 손에 이끌려 표랑(漂浪)하는 물결처럼 갈피를 못 잡고
흐린 날의 어느 오후 무료한 시간이 발목을
잡고 이내 눈물이 쏟아질 것 같은 환상에 멍(이) 지다

현실 공감의 자아 상실은 목적과 관념을 떠나서
의식을 자각하지 못한 어둠은 내면에 품고 있는 무한성
때문에 꿈을 꾼다

어슷거리는 밤은 도둑처럼 찾아들고 얼빠진 누렁이는
이지러진 달을 보고 짖어 대고 뭉게구름이
양 떼처럼 몰려오고 금방이라도 하늘이 무너질 것 같은

착각에 마음이 궁-하다

마음의 죄

마음은 알게 모르게 죄를 충동질하는 모사꾼이고
시시종종 범죄의 온상이면서 음모를 꾸미는 책략가이지만
고집멸도(苦集滅道)의 길을 걷는다

마음은 알 수 없는 무량-세계가 아닌가!
이루 형언할 수 없는 씻지 못할 저주받을 만한
마음의 죄를 짓고

헤어날 수 없는 망상에 사로잡혀 아무런
죄의식도 없이 가면을 쓰고 자아를 속이려는 것은
자학(自虐) 행위다

인생은 죽는 날까지 마음의 빚을 갚아야 할 채무자이다

길은 멀리 있다

길이 있는 곳에 어둠도
있고 희망도 있다
갖은 생각을 자아내니 물의 흐름 기다림
그 구비(口碑)의 길이 아련하다!

오물거리는 세월에 물들은
빛바랜 날들-
나는 왜 그토록 길을 붙잡고 놓아주지
않았을까!

내가 가야 할 길은 늘 저만치서
손에 잡힐 듯이 멀어져 갔다
길은 자신을 드러내지 않고 결코 끝을
보여주지 않는다

길은 베일에 가려져 미로 속의
극지에 이르는 보류다
길은 스스로 만들어 가는 것 침묵을 밟고
어둠 속을 걸었다

모든 길은 우주로 통하고 운명을
개척하는 내 안의 길은 항상 새로운 길이다
그 길을 걸을 때마다

저 산마루의 허공을 응시-한다

.

엄마는 그래야만 했다

엄마는 삶을 어떻게 살아야 하고 어떻게
사랑해야 하는지 바다에 이는 물결이었고 바람이었다

그렇게 분골쇄신(粉骨碎身) 몸을 불살랐던
엄마는 말귀가 어두워야 하고 눈도 침침해-져야
하고 행동도 느리게 해야 하고 마음을 내려
놓고 비워야 했다

걸음걸이도 천천히 걸어야 하고 많은 것을 알려고
들지 말고 모르는 채 간섭하지도 말고 자기주장을 굽히어
남의 의견에 불쑥불쑥 끼어들지 말고 끝까지
경청해야 하고 눈에 거슬려도 시치미를 뚝 떼야 했다

엄마는 그래야만 했다

기억이 희미해지고 고독은 친구처럼 찾아들고
그리운 것들이 옷소매를 붙잡는다
이 한세상 엄마는 역경의 곤고(困苦)한 삶의 뒤안길에서

온갖 시련과 모진 풍파를 겪으면서 세파에 시달려도
응달에 햇빛이 드는 날이 오기를 학수고대하면서
엄마는 험난한 세상살이를 등에 업고 부단히 살아왔다

엄마는 그래야만 했다

鄕愁

눈에 어리는 옛터에 풍운(風雲)이 감돌고 낡은
시간의 추억은 허술한 옷을 입었다
덧없는 세월이 여음을 남기고 바람이든 술병 속에

노새가 뛰쳐나오고 항간에 쉬쉬하던
소문들이 아낙네 빨래터 버들개지에서 피어난다

뜰 아래 고목이든 감나무에 과실이 매달려
허기(虛飢)를 달래며 생계를 꾸려나가던 그 시절에
간운보월(看雲步月)의 밤하늘에 별빛이 다리를 놓고
향수에 젖어 든다

그리움을 빨래-줄에 널어놓고 바람을 쐬고 볕을 쬐려고
펼쳐놓았다

* 간운보월(看雲步月) = 구름을 바라보거나 달빛 아래 거닌다는 뜻으로 객
　　　　　 지에서 가족을 생각함

쇠북

나는 발자국에 짓밟히고 귀가 잘려 나가고
아픈 상처를 안고 움츠러들 때 바람의 손을 붙잡고
일어섰다

척박한 마른 땅에 머리를 박고 온갖 시련과 수난을
겪으면서 밤 숲에 내린 달빛 한 방울에도 목말라하며 꽃을
피우기 위해 바람의 몸짓으로 울었다

하늘의 쇠-북소리에 영혼을 깨우고 속세의 낯선
눈길로 나를 바라보았다

강물 위에 햇살이 오물거리고 바람 한 자락에 빛바랜
안개와 구름이 밀려나고 어디선가 북소리가
아련하게 들려온다

나비의 꿈

바람을 가르는 날개의 춤사위에 스미는
빛이 아프다

나비는 상상 속의 정원에 꿈을 꾸며 출렁이는
달빛에 방랑의 길을 떠났다

산들바람에 무등(無等)을-타고 꽃밭에
앉은 나비는 화경(畫境)을 보듯 고혹을 느끼며

가쁘게 숨을 쉬며 으스름한 밤은 달을 삼키고
옛일을 그려내고 나비는 선화(線畫)도를
그리며,,,,,,

꿈길을 더듬으며 어둠 속에서 빛을 찾는다

종탑

침묵은 바위처럼 시위를 하고 사회의 병폐로
얼룩진 반목과 대립 목표와 이해관계로 얽힌 갈등의
심화로 베일을 쓰고 먹빛 같은 달은
심연 위에 사다리를 놓고 바람이 쳐 놓은 그물을 빠져나가

훼장삼척(喙長三尺)인데 잇(利)속을 잡아
눈에 없다
눈먼 바람은 앞뒤를 분간하지 못하고 헛-손질을 하며
밤길을 더듬거리고 있다

깊은 종소리가 내 속에 본질의 관념을 눈뜨게 하고 생각과
견해가 이론의 여지를 남겨둔 채 마음을 비우고
참회-한다

* 훼장삼척(喙長三尺) = 주둥이가 석 자라도 변명할 수가 없다는 뜻으로,
　　　　　　　　　　허물이 드러나서 숨길 수가 없음을 이르는 말

겨울나무

풀벌레 사운(四韻) 대는 울음소리에 달의 몰락을 본다
서리맞은 나뭇잎이 겁에 질려 절규의 소리를 찢어 혹한에
휘둘리는

나목은 한데서 혹독한 추위에 사시나무 떨듯 움츠러들고
거친 흉풍에 귀가 떨어져 나간 겨울나무가 세상 속으로
걸어 나오고 있다

나목은 찬(雪) 이불을 둘러쓰고 의식 속에 속죄양 욕망에서
해탈을 한다
이 겨울이 다 가기 전까지,

행복의 지수(指數)

잃은 것이 있으면 얻은 것이 있고 얻은 것이 없으면
잃을 것도 없지요

항상 본바탕을 보지 못하고 겉만 보고 계단을 오르다 보면
그 밑의 본질을 망각하고 욕망에 사로잡혀 무리수를
두다가 낭패-하기 십상이지요

모든 것은 하늘의 뜻이라 생각하고 순리롭게 살아가는
것이 이치가 아닌가요 매사에 서두르지도 말고 너무
욕심부리지도 말고
황소걸음처럼 느릿느릿 걸어가요

가득 차면 비워지고 비우면 또 차오르는 것이 자연 현상인데
물질에 너무 연연하지 말고 조금 부족하다고 생각할 때
가장 행복하지 않는가요!

사랑으로

기다림 속에 자아를 의식하지 않고 그리움 속에
세월을 탓하지 않는 애증으로 그 사랑으로 오가는 그대는
눈에 보이지 않는 내면의 소리가 내 몸 밖

또 하나의 내가 될 때까지 사랑은 물과 같이 생명줄이
되어주는 존재이며 사랑은 무엇과도 바꿀 수 없는
소중한 보배이고

행복을 주는 매개체이고 사랑은 목마른 나무이고 햇볕이나
공기 같은 것,
온갖 사물은 이 인연에 따라 생멸하고,,,,,

시간을 낚다

본색을 드러내지 않는 현상의 시간은 영혼을
지배하고 세상을 움직이는 영묘한 두뇌를
지니고 있다
시간의 질곡에서 벗어나지 못해 갈등과 망각 속에

형태 변화의 고삐를 쥐고 無二한 시간을
남김없이 태우면서 자유로이 풀려날 길은 없을까!

시간을 굶겨 죽이려 하면 시간은 위화감을
조성하고 어떤 관계에 말려들게 한다
시간과 동거하면서 반목과 대립을 일삼아

기약 없는 세월에 무아도취의 일변으로 동상이몽을
꾸고 있다

꿈에서

이룰 수 없는 꿈의 파편들이 경험하지 못한
앞으로 일어날 문제 해결의 실마리를 제공해 주었다

한줄기 분광(分光)처럼 신의 예시와 곡두를
꿈에서 보았다
꿈은 상상을 초월하는 미분(微分)의 여지를 남겨둔 채

마음속으로 간절히 바라고 원하면 신령스레
다가올 앞날의 현상을 미연에 알려주고 감동을
불러일으키게 한다

꿈은 신과 내통하는 예상하지 못했던 상상의 세계를
경험하게 한다

사물의 입

고인 물은 흐르지도 넘치지도 않고 땡볕에 졸아들어
그 물이 범람할 수 있다는 걸 누가 알겠는가!
멈춤도 생명이 있고 목숨이 있는 곳에 반드시 흐름이 있기
마련이다

잠시 쉬어가는 것도 흐름의 일환이며 꽃이 피지
않는다고 봄이 오지 않는 것은 아니다
다소 조금 늦고 빠를 뿐 때가 되면 어김없이 꽃은 피고
봄을 기다리는 마음이 아늑하게 깃들어 있다

모든 사물은 자신의 존재감을 드러내고 호수는 산 그림자를
품고 그리움을 흔드는
물결은 바람을 탓하지는 않는다

모든 길은 가로놓여 있다

모든 길은 가로놓여 있다

그 길은 범접할 수 없는 온자한 길이지만
차안(此岸)에서 피안(彼岸)으로 건너가는 징검다리가
되고 길을 잃고 지향 없이 헤맬 때

노정의 자궁 속에는 앞으로 태어날 꿈의 조각들이
몰아(沒我)의 표정을 띠고 있다
삶을 관조할 그 길은 고비마다 넘어야 할 분수령이
되고 파편화된

삶으로부터 온전한 삶으로 이행해 가는 여정에 길(沙漠)은
내적 존재와 허상을 빚어내는 공리현상(功利現象)이다
길은 멀리 있고 마음은 굼뜨고 게으른 눈은 세상을
조망-한다

아우라(Aura)

그대 끝닿는 데까지 운명의 역류를
꿈꾸며 의식의 바깥에 존재하는 것들이 화려한
추락을 한다

달도 별도 바위도 사물도 귀로 듣고
감시하고 경계하고 바람의 소리에 아우라를
뿜어냈다

물질의 노예가 되고 욕망의 포로가 되고 현실도피의
유리 천장을 깨고 통점이 떨어져 나가고
실마리를 찾는 계략이며 해답은 내 안에 있다

풀꽃

척박한 땅에 이름 모를 작은 풀씨 하나 바람에
날아와 격자 모양의 시멘트 바닥 노상의 틈새에
떨어져 비좁은 공간에

터를 다지고 밟히고 찢기고 목말라하며
바람의 거친 횡포에 시련과 고난을 참고 견뎌내며
싹이 움트고 꽃이 피기까지

지독한 삶의 풀꽃은 수난을 겪으며 모질고 질긴
목숨을 끈덕지게 붙잡고 죽음을 不死하고 살아가는
한 생명의 참극(慘劇)을 본다

봄 손님

시간을 훔쳐 간 봄 손님이 미리 내 집
툇마루에 와 앉아 얼음장이 풀리기를 바라며 마른기침을
하고 헐벗은 은사시나무가 낡은

옷을 벗고 새 옷을 짜는 베틀을 돌리며
딸각대는 소리가 농밀이 익어가는 대지의 자궁에는
기운이 싹트고

마음을 설레게 하는 늦겨울 바람이 어기적거리며 봄을
시샘이나 하듯이 눈치만 살피고 있다
너울 쓴 봄 손님은 꽃구름을 타고 온다는데,,,,,,

시작(詩作)

자유의지로 사물을 뚫고 들어가 보는 관점에 따라
시각의 의미부여-가 다르다
이상을 실현하는 상상의 날개짓을 하면서 밤에 사는 박쥐처럼

은밀히 외면받는 땅을 찾는다
길이 없어도 길을 내고 험난한 가시밭길을 헤쳐 나가
이상의 세계를 동경하며 보지 않은 것을 보는 것이

아니라 못 본 것을 본다
바람의 발자국을 지우고 언어는 칼보다 강하며 위력적인 힘을
내포하고 있다

믿어지지 않는 가능성보다 믿어지는 불가능성을 택해야 한다
시에서는 범용을 용납하지 않는다
시의 목적은 교훈과 쾌감을 주어야 하고,,,,,

마당 과부

바위는 전세(前世)의 업 때문에 고된 노동을
짊어지고 천년의 세월 속에 이슬만 먹고 심신의 괴로움에
제 살점을 떼어 불사르고 번뇌나 속박에서 벗어나

세사의 악을 씻으려 하는가!
한운(閑雲)은 구속을 받거나 얽매이지 않고 분망(奔忙)히
망각의 여울 소리를 듣는다

바람 소리마저 소음으로 들리는 바위들의 침묵이 표상처
　　럼 느껴져
사물의 어두운 내면을 들여다본다
달빛에 가르마를 타고 기다리다가 마당-과부가 된

바위는 귀와 하늘 눈을 가졌으나 비밀을 누설하거나 외부에
발설하지 않고 아무런 해(害)도 끼치지 않는다
바위는 대상물의 표상으로써 이상을 구현한다

六部

사랑이란,

사랑은 행복의 실현을 지향하는 정념 박애 자비 아가페
사랑 등으로 인류가 존재하는 보편적 가치를
추구한다

얼굴

우거진 숲 사이로 마른 실개천이 접히고 눈썹달이
에메랄드빛 호수에 물기를 머금고 사슴은 우뚝 솟은 산마루를
바라보면서

기억하지 못한 일들을 생각해 내고 입가에 미소를 띠면
연정(戀情)을 실은 바람은 멀리서 왔다가 마음을 빼앗겨 그늘을
벗어나지 못했다

소릿바람에도 담담한 달빛에 마음의 얼굴을 거울에
비추듯이 스스로를 반조(返照)해 보아야
한다

바람의 자유

밤의 장막에 갇힌 해월은 창파에 돛을 달고
푯대 끝에 바람은 자유를 향한 변화의 물결이 일렁이고
있다

바람은 매어놓지 않은 배 시공간을 초월한
자유의사도 실체 없는 유령처럼 가는
곳마다 파문을 일으킨 바람에게 수갑을 채울

者는 과연 누구인가!
바람은 자유삼매(自由三昧)에 빠진 유랑의 길 선상(線上)
밖으로 비어져 나갈 금도(襟度)는 없는가!

우물 안의 개구리

지난 일을 돌이켜 생각해 보면 현재와 앞으로
닥칠 미래의 사회를 보지 못한 작태가 아집에 병들어
가고 있다

희뿌옇게 보이는 혼탁해진 시대의 우물 안에
개구리처럼 눈앞에 어른거리는 것만 붙잡으려는
위기감이 팽배하다

강철 꺾쇠로 쥔 듯이 마음을 일렁이게 하는 생각은
격동적으로 시대를 거스를 수 없는 변화의
물결이다

죽은 사회의 상반하는 갈등을 해소하지 못한 무치한
소견이 틀에 박힌 시대착오적인 발상을 초래한다

산길

바람이 일고 역동하는 자연의 숨결이 서려 세상일에
초연한 큰 바위 얼굴에 흰 구름이 감돌고 호젓한
산길은 정수로

노정의 인생길을 걸어서 가라 한다
산길은 세환의 정신적 사상적 의지할 수 있는
내적인 욕구이다

그 산길에는 번뇌와 깨달음이 공존하고 무아(無我)한
산길을 걷다 보면 유익(有益)한 경험을 하게 되고 생각이
바뀌게 되고 자아를 알게 된다

미완의 길

미완의 길은 나의 길이기도 하지만 우리
모두의 길이 된다
그 길은 다양성을 지닌 형태로 방황과 미혹의 세월을
낚는다

길에는 존재하지만 보이지 않는 것들,,,,,
시간의 그늘에 숨겨진 인식과 사실의 기대와 격정에
그 순간의 변화는 시대를 거스르지 않는다
태양이 외투를 벗고 잠들 때나 밤이 허물을 벗고

희번히 눈을 뜰 때는 다른 형상의 실태 속에서
인생은 의식 속에 존재하는 것이 아니라 무의식 속에
존재하는 것이 아닌가!

사랑이란,

내가 나를 사랑하는 것보다 누군가를 사랑할 수 있다면
그보다 더 행복하다 사랑에 의해 살아가고 그 속에서
표류하고 탐험하는 바람일 수도 있다

사랑은 행복의 실현을 지향하는 정념 박애 자비 아가페
사랑 등으로 인류가 존재하는 보편적 가치를
추구한다

사랑의 그릇은 무엇을 넣음으로써 채워지는 것이 아니라 비워
냄으로써 채우는 것이다

사랑은 용기이며 구원(久遠)과 행복을 추구하는 도구이다
사랑은 우주만물과 교감을 이루고 인류애를 넘어서
내일의 희망이 굽이치는 물결이다

夜花

그 꽃이 사악한 밤의 갈비뼈에 비수를 꽂고
장막을 찢었다
악의 축에 빛과 그림자로 휩싸인 상태 속에 꽁꽁 얼어붙었던

시간의 흐름이 녹아서 내면의 형상이 사랑으로 가득 찬
상형문자라고 생각해„„„
지고지순한 순백의 꽃에 빛이 돋아 까맣게 물든 밤을 하
　　얗게 수놓는

아리따운 자태가 바람과 달빛에 감돌고 은은한 향기를 품고
있는 넌, 단아한 기품이 있는 수려한 여인이었나 보다

밤의 추악 퇴폐 괴이(怪異) 공포의 분위기 속에서 꽃이 되었다
그는 밤에 방황하는 자들에게 심신의 위안을 주고 미향의
　　희미한
불빛을 뿌리며 밤을 수놓았다

갈림길

가도 가도 끝이 없는 인생길을 걷고 또 걷는다
가고자 하는 곳에서 멈출 수도 되돌릴 수도
없는 진퇴양난의 갈림길에서 삶에 부대끼고 부딪치며 시련을

견뎌야 하는 역경 속에 내일의 희망을 먹는다
되풀이되는 일상에 갇혀 선택의 십자로에서
망설이는 순간 네가 되어야 한다는 수많은 생각들 중에
타고난 재능의

점(占) 하나가 널 이끌어 줄 거야!
그 순간들에 사로잡혀 인생의 길목에서 스스로 꽃을 피워야
하는 꽃이 되어야 하는 無相의 길에 바람은

그칠 새가 없구나!

기억의 소환

머물지 않는 시간의 뒤안길에서 내 어머니의
자궁 속 기억이 소환된 날 오물거리는 소리가 잇따라 난다
긴 여행을 끝내고 돌아온 철새의 도래지에서 과거의

추상들의 흔적을 회상하고 그 옛날의 행적들을
더듬고 망각곡선에 사로잡혀 얼핏 떠오르고 빗나간 화살의
시위를 당긴다

잊혀 간 것들이 물안개가 걷히듯 사라져 가는 기억의
부재 상태 속에 잊어버린 세월을 되짚어 현상이 흐릿하고
희미하고 가물거리듯이-에서 형체가 아련하다

가둘 수 없는 영혼을 찾아서(...)

길 잃은 사람들

세상을 바라볼 수 있는 눈을 뜨게 하소서
걷고 만질 수 있는 손과 소리를 듣는 귀를 주소서
삶의 영위 속에 불편과 고통을 받고

아집과 편견에 냉대받고 위축되고 모든 것에
속박이나 상처를 입고 스스로 홀로서기에 얼음장을 놓고
길 잃은 사람들은 고독한 길을 걸어야 해요

어떤 이유로 제약을 받는다면 도와달라는 말은 하지
않겠어요 그냥 있는 그대로만 봐주세요
자신의 강박관념에 행동거지만 불편할 뿐 아무렇지도

않는걸요!

세상이 저에게 준 값진 선물이거든요
공평한 사회와 공존의식 속에 인류 공영에 이바지하는
그런 삶을 바랄 뿐

내가 나일 때가 가장 행복하거든요!

강변

시간이 여울지는 강변에 노을이 지면 산 그림자
음영(陰影)을 드리우고 공중에 높이 날아 우짖는 종달새가
낭만으로 남아

추억은 바람 속에 들고 지난 시절의 책장을 넘긴다
강변의 물새가 조약돌을 품고 새벽 강은 요요(寥寥)히 흐르고
물빛 어스름 속으로 아련히 떠오르는

태고의 숨결이 거칠다
바람이 살랑거리는 소리 계절은 잔잔한 피동(被動)을
일으키고 강변엔 물안개가 자욱이 피어오르고 잊혀 가는

추억들이 주마등처럼 스쳐 간다

존재와 허상

삶에 대한 내적 존재와 허상에서 빚어진 오랜
좌절과 방황을 겪으면서 상처투성이의 혼란(昏亂)한 상태
속에서 거죽의 옷을 벗었다

새날의 세월이 물굽이를 끌어안고 이것은 일종의 시련과
고통이었다 나는 그들의 삶에 물들어 수놓아 사는 것도
자아의 부재였다

자아와의 투쟁이라는 프레임에서 벗어나 자아 해방과
자기표현이라는 삶의 조건에 부합하는 현상이다
자신에 대하여 아는 것과 자신을 아는 것을 혼동하지 않는다

心象

시간의 근사치를 저울에 달아 보았다
세월의 무게도 달아 보았다
삶의 궤적을 송두리째 녹슨 칼날 위에 마름질하며 재단해
보았다

눈에 보이는 것과 보이지 않는 것들의 心象을
그려보았다 일상의 끝자락에 하루의 무게를
어떻게 환산해야 할지 푸줏간 앉은뱅이저울에 시간이
투사한 빛의 무게에 반영(反映)을 값하다

천금 같은 시간을 굴렸다 상피 껍질을 조금 긁어대면
반항아가 나타날 것이다 바람의 조각들을 모으기 시작했다
수탉이 홰를 치면서 우는,,,,,
새벽의 이른 방문을 소리쳐 열었다

벌판

사람은 무한한 벌판을 가지고 있다
허허벌판에서
수천의 길이 한 목표에서 만나고 어긋나서 방향을 달리한다

단지(但只) 한길만이 그쪽으로 통한다 그 길은 밟으면
소리가 날 듯 사바(娑婆)의 길이기도 하지만 고절(苦節)의
길이기도 하다

인간의 욕망은 호기심 때문에 흥미를 유발한다
삶의 목표를 찾는 갖가지 파란곡절을 겪고 자신을 대신할 수
없는 무형의 존재이면서 욕구 충족을 느끼게 한다

황량한 벌판에도 봄은 어김없이 찾아들건만 쓸쓸하고 적막한
날것들이
활어처럼 뛰어오른다

악의 꽃

살아갈 길을 찾는 사람은 모든 대책과 방법을 다 쓸 수가
있다 인간은 이상과 현실에 대한 희망을 말할 것이고

사공은 풍향을 관측할 것이고 짐승은 먹이를 찾아 사냥을-
　　한다
노동자는 권익옹호에 혼신의 힘을 쓸 것이고
가시적인 악의 꽃은 역겨운 비린내가 지워지지 않는다

농부는 농사를 짓고 가꾸고 거두는 일을 할 것이며 말이
없는 사물의 화두를 광장에 던졌다

온갖 세상살이가 핏줄처럼 이어가고 어둠에
묻혀 버린 안전 불감증이 팽배한 사회의 누적(累積)된
병집과 폐단에서 오는 울분을 무덤에서 광휘를
본다

겨울밤

달빛 속으로 기어드는 싸늘한 서릿발이 넌출 대는
꽃 줄처럼 성에 속으로 녹아 흐르고 창문에

으스름이 깔린 밤 부엉새 우는 소리에 삭풍은 나뭇가지에서
일고 이지러진 조각달은 처마 끝에 걸려 있다

은세계로 가는 밤 열차는 설원을 달리고 소년은
환상의 얼음을 깨다

겨울밤은 화톳불에 녹아들어 깊은 고요가 밤의 뼈를
물고 칼춤을 추고 있다

해 뜨는 집

살아갈 터전이며 위험에서 보호받고 비바람을 막아주는
안식처이며 안락하게 기거하는 곳 피한(避寒)의
지붕이 될 테니까

밤의 궁전에서 그리움은 산처럼 쌓여만 가고 기다림은 바다를
이루니 내 마음 어이 둘 곳이 있으랴

세사에 부는 바람은 맵고 쓰고 달고 짜디짜다
언제나 집으로 향하는 발걸음은 가볍고 포근한 보금자리가
될 테니까

어디에 있든 그리워하며 생각나는 곳 술 익는 마을엔
개 짖는 소리 밤이면 모닥불을 피워놓고 달빛을 태우며

인생을 구가(謳歌)하며 추억이 서려 있는 곳이다

달맞이꽃

두렁길에 아름다운 여인(麗人)의 고혹한 자태로
핀 꽃이 함초롬히 이슬을 머금고
옛 임을 그리워하면서 기약 없이 쓸쓸히

떠난 망각의 세월에 소쩍새가 울고 연정을 품은
달을 애모하며 이루지 못한 사랑이 가슴에
서린 한(恨)을 달래며 망아(忘我)의 모진 세월을

안고 꽃으로 환생하였는가!

세월

세월아 날 더러 어이하란 말이냐!
자고 새면 내일이 되고 또 내일이 둔갑을 하고 거짓의
탈을 썼다

세월이 죽어가고 언제 그랬냐 하고 책장 넘기듯이
세월은 뒤도 돌아보지 않고 허둥지둥 달아나더라
그렇게 잡지 못하고 놓쳐버린 그물 속에 내가 갇혀 있다

세월은 어깃장을 놓고 지성과 의지와 내적인 욕구를
저버리지 못한 채 세월은 배신자이며 인생길을 탐구하는
심부름꾼이다

상대는 나의 거울

내가 좋아야 남도 좋다고 했다
사랑을 받고 싶으면 먼저 손을 내밀고 청허(淸虛)의
사랑을 하라

내가 거울 속의 자아를 보듯이 흉금을 토로하고
진정한 마음에서 우러나오는 넓은 아량으로
상대를 보듬어라

모든 문제는 자신으로부터 시작된다
내가 존재하지 않으면 아무 일도 일어나지 않는다

아무리 상대가 잘못을 저질렀다 해도 상대를
탓하기 전에 먼저 자신을 뒤돌아보고
자신과의 발생한 사항이니 일말의 책임을 자신에게 물어야
하고 통감해야 한다

신뢰와 배려와 이해로 인정을 베풀고 화해와 용서와
포용의 손길을 잡고 더불어 지내야 회한과
분노를 삭인다

씨앗은 뿌린 대로 거둔다

무덩이에도 기경(起耕) 위에도 싹이 트고
꽃이 핀다

노력하는 者만이 희망을 손에 쥐게 될 것이고 기회는
우연히 오는 것이 아니라 천신만고 끝에 얻어진
값진 소득이다

절호의 찬스를 절대로 놓쳐서는 안 된다
미래를 여는 초석이 될 테니까
시간은 사람을 구속하기도 하고 자유를 누리기도 하고
시간은 화수분이 아니다

시간을 낭비하지 말고 미래를 위해 투자하라
가버린 시간은 붙잡을 수 없다

방황과 미혹의 세월에 자아의 변화를 꾀하고 매서운
겨울바람에도 동아(冬芽)는 두꺼운 밤을 몰아내고
희망에 차 있다
인생의 봄은 두고-보지 말자

겨울 장미

눈(雪) 목도리를 두르고 정취에 흠뻑
젖은 장미꽃이 소담스럽게 길목에 피어나 청순한
모습이 달빛에 어린다

겨울바람 속에서 꿋꿋하게 절개를 지키려는
굳건한 의지와 태도가 의젓하다

장미의 마음을 훔치려는 음흉한 자의 야비한 야욕을
품고 헛된 망상이 그의 가슴에 가시를 품고 순결을 지키려는
심지가 곧아 눈처럼 희고 아름답다

장미의 애련(哀戀)한 사랑이 애처로워 서글프다

* 애련(哀戀) = 이루지 못한 연애

七 部

잠은 의식을 훔쳐 간 使者

잠은 고통의 진통제
잠은 의식을 훔쳐 간 使者
잠은 망각의 하수인
잠은 죽음의 오르가슴
잠은 자고(自顧)의 도피
잠은 상징의 화려한 의상

물의 뼈

흐르는 물에도 뼈가 있다

물은 살아 있는 생명체이고
한 방울의 물은 동식물의 젖줄이면서 전 인류의
목숨을 담보로 저당 잡혀 있는 무한의 존재다

물은 화합하는 고유한 성질을 가졌으며
물의 힘은 엄청난 위력을 불러오게 하는 절대자이고
유순하면서 무서운 힘과 기세를 떨치며

물의 혀는 감지하는 촉감을 가졌으며 물줄기에서
융화되고 물의 자기 파장은 긴-밤을 새우고
변주곡을 울리며 유순하면서도 강(鋼)하며 깊을수록

소리가 없고 자기 침잠의 세계로 든다

사물은 귀

가뭇없이 바람의 소리에 귀가 얼어붙고
형체도 없는 자연의 움직임이 다의(多義)의 감정에
이입되어 비어(祕語)로 속삭이며

형태의 변화 속에서 바람 소리에 변질되어
어슴푸레 들려온다

소리는 깊을수록 심연에 가라앉고 다양한
사물은 몸으로 빛(태양 불꽃 전구 恒星 따위)을 내고
아우를 수 없는 소리의 속성상 치환될 수 없는

성질을 가지고 있다 사물의 존재가 현실에 부합되는지
귀가 솔깃하다

비 오는 날

비 오는 날에는 비를 죽이고 비를 마시고
무작정 비 숲을 걸으며 녹슨 철길을 하염없이 걷고
싶다
비 오는 날에는 창문을 빵긋-이 열어놓고

기다리는 사람이 혹여 오지는 않으려나 설레는
마음에 눈이 자주 가더라
비 오는 날에는 비에 취해 무의식 속으로 자기 자신으로부터
일탈을 꿈꾼다

창문을 두드리는 궂은 빗방울이 유리창에 매달려
음표를 만들고 소리 없이 흘러내리는 빗물은 내 맘에 음계를
지으며 속닥이다
비 오는 날은 센티하고 마음이 공허하고 하늘이

돈짝만 하게 보인다

無相

향기 없는 꽃은 제아무리 치장을 하고 꾸며도 오래
부각(浮刻)될 수 없는 모습을 드러내고

향기 있는 꽃은 벌 나비들이 문전성시를 이루고
공존 공영하며 평온하고 화목한 공동체 의식을
일깨워 주고 있다

사람도 꽃처럼 자기 자신만의 향기와 색깔을 가지고
있다 그 향기는 누구나 품을 수 있고 마음을 변화시키는
힘을 가지고 있다

사람 중심의 사람 속에서 사람이 나고 사람 없는
사람은 없다

형태나 양상이 없는 무상(無相)한 것들이 차별과 대립을
초월하여 집착에서 떠나 몸과 마음의 상태에
초연(超然)히 세상을 본다

바람의 엽서

섣부른 생각이 욕심을 키우고 화를 부른
지난 상념들이 발목을 잡고 고난의 현실이 실감 나게
자신을 밟고 절망의 구렁텅이에 빠져

겨우 헤어나와 삶의 황량한 묵정밭을 갈아엎고
인생의 이모작에 기대를 걸고 얼룩진 세월을 거슬러
바람이 일고 빈 수레에 마음의 상처를 싣고

피와 땀과 눈물을 대지에 뿌리고-심고 가꾸어 영글어 가는
내일을 넘어서 나는 수취인이 없는 바람에 엽서를
띄운다

물레

한밤이 지나도록 돌고 있는 물레야 세상살이
눈살을 펼 새 없이 시련을 극복하기 위해 가난한 삶이 걱정을
누르고 가슴이 미어지는

심한 고통을 감내하며 생활고에 허덕이면서 끼니
걱정으로 시름에 겨워 눈 못 뜨고

앞을 가릴 때 창자가 끊어지듯 엄마는 채찍질을 하면서
고단한 세월을 먹고 살았다
마음을 도려내는 아픔 속에서 희생을 달게

받아들이는 위대한 모성애였고 엄마는 자신을 죽이고 물레는
소리치며 울어야만 했다

덩굴

바람을 등에 업고 힘겨운 세상에 시달리면서 덩굴은
불신의 벽을 허물고 다툼의 이해관계로 엉컸던 매듭을 풀고
화해의 손길을 뻗친다

길이 아니면 사리고 장벽을 오르려는 습성은 타성에
물들지 않고 오직 외곬으로만 생각한다

어둠 속에서 길을 이리저리 더듬거리며 찾아 발붙일 터전에
짓궂은 소릿바람에 몸을 가누지 못하고 손이-닿지 않는
담을 겨우 떠-받치고 일어나

귀를 치달아 세상을 엿-본다

찔레꽃

산기슭에 하얗게 핀 찔레꽃이 가지마다 실바람이
일고 고즈넉한 표정을 짓고 있다

당신의 그리움에 사무쳐 애태우며 소식을 기다리는
심정애(心情愛) 성애(性愛)가 흐르고 애처롭게 우는

두견새 울음소리에 꽃잎은 떨어지고 여름은
영글어 가고 임 생각에 떠오르는 달이 지고 있다

송뢰(松籟)가 그치고 소복 차림의 꽃은 달빛에 서린
영혼이 깃들어 있다

잠은 의식을 훔쳐 간 使者

몸은 각자에 마음속의 감옥이다
병(病)으로 인한 고통을 겪는 괴로움은 속박에서
헤어나지 못하고 끌고 다니면서 마음속에
짊어지고 다니는 아픔이다

잠으로 인해 잠시나마 세상 모르게 모든 의식을 잃고
망각의 자기 침잠의 세계로 든다

잠은 고통의 진통제
잠은 의식을 훔쳐 간 使者
잠은 망각의 하수인
잠은 죽음의 오르가슴
잠은 자고(自顧)의 도피
잠은 상징의 화려한 의상

타인에게 매여 있거나 자기 자신만이 안주할 수 있는
방도나 의지를 시험하는 곳이다
우리의 마음은 아무도 도둑질해 갈 수 없는
자기만이 가질 수 있는 유일무이한 의식이다

자유의 최적은 나 자신으로부터 선(線)을 넘는
일이다

여음(餘音)

죽어나는 것들의 묘비에 비문을 새기지 못한 채
짐승 같은 시간은 망각곡선의 도가니 속에 빠져 일상의

바람 한 자락의 피동(被動)에 괴로워하고 별이
떨어지고 심연의 종소리가 귓가에 어리어

세월이 여울져 가는 징검다리에 인생의 가을이 남겨놓은
가시지 않는 정취가 고여 있고

거친 세상살이에 감정과 이성을 찾아 반향을 불러일으키고
있다

도시의 뻐꾸기

서민사회의 악의 꽃이 독버섯처럼 퍼져 사회
제약에 반사 현상으로 널뛰듯이 치솟는 주거 불안정한
상태에서 속수무책으로 하늘에 망치질을 하고 있다

날짐승도 둥지를 틀고 살아가는 안식처가 있는데
삶의 기한부 집에서 마음 졸이며 기댈 언덕도
없이 눈물이 자라서 근심과 걱정이 되고 울화가 치밀어
　　오른다

뛰는 놈과 나는 놈은 있어도 기는 놈은 감언이설에
속아 허탈과 실의에 빠져 의욕 상실에 백주 대낮에 도깨비에
홀렸다

가난한 도시의 뻐꾸기는 공사장 현장을 돌아다니면서
콘크리트 난간 한 데서 쉰목소리로 목청껏 하늘을 쪼고
경종을 두드린다

마성의 탈

인간의 마음이 만들어 낸 선악은 하찮은 일로
갈등을 빚고 대립각을 세우며 미궁 속에
빠져 마성(魔性)의 감정이 순간의 충동으로 사사로운
작용을 한다

달이 구름 속으로 숨어들고 눈(目)이 사심을
품으면 마음이 궁핍해지고 앞을
못 보고 어두운 심연의 구렁텅이에 빠져들게
된다

자만은 게으름을 부르고 탐욕에 눈이 멀고 하늘 거울에
자신의 마음을 닦으면 순근(醇謹)하지 않을까!

집착

지금 그대가 항상 잊지 못하고
마음속에 사랑하는 모든 것들이 언젠가는 내 곁을
떠날 것이다

우리는 영원히 함께할 수 있는 그 어떤 것도
이 세상에 존재하지 않는다
집착에 빠지면 화를 부를 수도 있고 집착을 버리면
마음이 한결 가볍다

사랑도 물욕도 집착에서 오는 하나의 병인
것을-

긍정과 부정

수많은 사람에게 칭찬받는
것보다

원한을 사는 사람과 눈이 마주쳤을 때 외면하지 않는
삶을 살려고 부단히 노력해야 한다
그대가 남보다 조금 잘-났다고 으스대지
마라

상대가 조금 못-났다고 대수로이 여기지도 마라
지혜로운 사람도 어리석은 부분이 있고
학식에 조예가 없는 사람에게도 배울 점이
있다

모든 것은 자만에서 비롯된 넘지 말아야 할
수죄다
사람과 사람 사이에 극복하기 어려운 한계나 장애는 없다
사람과 사람 사이의 거리는 얼마나 될까!

샛강

샛강은 깊은 언어로 몸짓으로 이야기하고 기나긴
세월이 가는 줄도 모르고 어지럽고 혼란한 분쟁의 소용돌이에
침묵하는 자성의 목소리가 높다

굴레나 얽매임에서 벗어나 바람과 구름과 달을
벗 삼아 유랑을 하고 가둘 수 없는 영혼
속에 소상(遡上)의 변화를 꾸며 지류를 타고

조화의 묘(妙)에 풍운(風雲)이 샛강을 감돌아 돌고 검푸른
물결 위에 달이 지고 있다

* 소상(遡上) = 강이나 내의 상류로 거슬러 올라감

그 섬에는 낙타가 살고 있다

어슷거리는 밤이 쓰러져 수목은 기척도 없이 멀대처럼
파수(把守)를 보고 아무도 찾아 주지 않는
외면받는 섬에는 고독을 지우는 철썩대는 파도 소리를 들으며
바위와

구름과 소나무 모두가 고요히 눈을 감았다
바닷새-들이 기침을 하는 이른 아침 민낯의 섬은 빗질을
하고 가르마를 타고
발을 들여놓지 않는 처녀림 숲에는

상상 속의 정원에 낙타가 살고 있다
낙타는 하늘을 날아서 황막한 모래사막의 기억 속으로 회귀를
했을까
낙타는 늘 섬에 있었다

귀로

바람에 별이 지고 구름은 달을 떠-이고
마음속에 품은 그리움이다
가뭇없는 귀로의 발길을 재촉하는 땅거미가 산 그림자를
잡아먹고 어기대고

황혼에 산새들은 둥지를 찾아들고 가랑잎
하나가 바닥에 나부시 내려앉아
영혼을 깨운다
밤이면 소쩍새가 숲에서 울고 기다림은
세월을 먹고

옛 추억의 보따리를 풀어놓고 한잔 술에 향수를
채워 넣는다

종이 하늘

매일 변화무상한 종이 하늘 캔버스에 날로 새로
채색되어 바람의 손끝에 조화를 이루며 찰나에 자연의 신비한
현상이
이체(移替)를 띤다

次次 사물-거리는 외면에 나타나는 三冬의 바위틈에
뿌리를 내린 많은 곡절을
겪는 한그루 청초한 소나무가 청청한
기세로 우뚝 서 있는,,,,,,

펼쳐진 종이 하늘에 날카로운 붓끝의 춤사위로 천변의 구름은
부조를 새기고 무한공간
속에 부유하는 티끌 하나가 세상을 어지럽게
떠돌아다닌다.

황톳길

저뭇한 황톳길에 달무리가 지고 매서운
겨울바람을 안고 돌부리에 걸려 넘어지고 부딪치고
차이고 일어나길

한평생 온갖 풍상을 다 겪어온 애환이 서린
발자취에 눈물이 괴어 있는 황톳길,,,,,,
돌아서면 산 너머 봄이 온다기에 부푼 가슴을 쓸어안고
세사에 시달려 온

서리 찬 험한 고갯길을 엄마는 왜 이 길을
걸어야만 했을까?

마음 집

우리는 우리의 내면이 품고 있는 세상을 향해 스스로
느끼며 순류 하듯이 마음의 집을 짓는다
운명은 정해진 것이 아니라 마음 가는대로 자기의

좋아하는 점 하나가 살아가는 계기가 되고 자유로움 속에서
기틀을 잡는다

마음의 집에는 도둑이 들지 않아 울타리가 없고
창살이 없는 자유자재로 드나드는 빈집이다

그 집에는 거미줄에 걸린 바람이 살고 있고 별의
숙소이며
이곳은 무풍지대이다

내 속에 네가 있다

나도 모르게 내 속에 네가 들어 있어 사욕에 눈이
어두워 그의 노예가 되고 화(禍)를 초래하게 된
방조자였다 있는 것에 감사할 줄도 모르고 눈에 보이는
것이 전부가 아닌데

아무리 죽을 만큼 힘들면 하늘을 보아라!
그래도 화가 나면 백 번 참아라
마음의 상처가 안 풀리면 하늘에다 대고 침을 뱉고 실컷
엉두덜-대고 하소연을 해라

그래도 노여운 감정이 풀리지 않으면 마음의 밭에
불을 놓아라
인생 단막극은 끝도 시작도 없는데,,,,,,

고도의 섬

넓은 바다를 품에 안고 창천을 선회하는
갈매기는 푸른 물결 거센 파도와

된-바람을 거슬러 꿈을 풀어내고 하늘을 찢어 자기만의
왕궁을 세우려 했다

갈매기 나는 장산-곶에 바람이 일고 바다에 갇힌
고도(孤島)의 섬에 칠흑 같은 밤이 짙게

깔려오면 등댓불은 나아갈 항로 길을 밝혀 주며
밤을 털고 있다

八 部

시원(始原)

갈잎 하나가 바람에 떠밀려 나부시
땅바닥에 내려앉아 어둠 속에 무너지듯 흩어져
버렸다

갯버들

변하는 현실을 지울 수는 없어도 태울 수는 있다
어둑새벽 여명이 밝아 오고 연못 위의 너겁에
앉은 개구리가 게슴츠레 눈을 뜨고 얼음장 수초 속에
송사리 떼 갯버들 가지에 봄이 찾아왔다

눈먼 바람은 사방을 헤집고 이리저리 들쑤시고 다니며
봄을 부추기고 있다
자연도 궤도이탈을 하고 인류도 시대의 흐름에 따라
변천한다

생의-일부분이 도태되고 재생의 네모 상자 속에 갇힌
하루가 하얗게 불타고 있다

구름 나그네

길을 먹고 가야 할 곳은 정해지지 않는 하늘길
망망대해를 떠다니는 구름 나그네

회색 하늘이 열리고 사풍(沙風)에 짤랑대는
낙타의 방울 소리를 들으며

구름은 정처 없이 이곳저곳 허공을 떠돌다가 구천(九天)을
이고

낯선 객(客)이 되었나!

저승꽃

아버지는 늘 혼자였고 고독과 고통 속에
눈물겹도록 파란 많은 생애 모질고 험한 세상살이가

힘겨워 의지가지없이 갖은 고초 온갖 시련을
겪으면서 가난을 짊어지고 목구멍에 풀칠을 하며
일구월심 가족을 부양하느라

불철주야 물 샐 틈 없이 삶을 불사르고 희생만 하신
아버지의 창안-백발의 얼굴엔 이랑을 짓고

검은 저승꽃이 피고 기력이 쇠잔하여 거동이
불편하고 가는 길은 저무는데 심금을 울리는 저 바람
소리가 귀에 거슬리어

아버지의 한숨 짓는 소리가 어깨 너머로 흘러나오고
세환(世患)에 시달리어 마음 편안할 날이 하루도 없었다

힘들고 어려울 때 아버지는 늘 혼자 울었다
가족을 떠받들고 올곧게 살아오신 가없는 아버지의
처절한 생이 고난으로 얼룩져 있다

* 창안-백발(蒼顔白髮) = 늙은이의 여위고 핏기 없는 얼굴빛과 센 머리털

산까치

산까치 노는 곳에 까마귀야
가지 마라
성난 산까치 깃을 세워 노호(怒號)하나니

無主空山이 다 내 집인데 정처 없이
떠돌다가

하늘을 베어 물고 너마저 박대한 세상을 탓-할
소냐 인심이 흉흉한 세태가 무정하다
원망하지 마라

속세간 좌절과 방황을 겪는 것이 어찌 너만이
있으랴!

피닉스(phoenix)

어떠한 고난에도 굴하지 않고 견뎌내어
온 누리에 구원의 빛이 되고 광란 속의 악(惡)의 밤을
빨가벗기었다

자아 양심의 가책이나 분노 욕망 적개심
질투 자만 열정 혹은 어떠한 두려움에서 벗어나기
위해 피와 눈물을 쏟았다

불멸의 불새는 자유로이 천공을 날고
온 세상에 기염을 토하고 평화의 메신저가
되었다

황무지

달빛이 내려앉은 황무지에 욕정을 품은
나뭇잎들의 축 처진 어깨에 쉴 곳이 없고 햇살이
내쏘는 메마른 거친 땅엔

물은 고갈이 되고 큰 바위 아래 그늘이
있을 뿐 황량한 허허벌판은 공중에 떠다니는
한 줌의 먼지 속에서

두려움에 앞서 마음을 억누르고 밤마다 별은 총총
한데 망각의 눈으로 덮으려나!

후회

우리는 소중한 것을 잃고 나서야
그것의 의미를 깨닫게 된다

우리는 과오를 저지르고 나서야 뉘우치게 된다
우리는 자기 중심적인 좁은 생각으로
아집과 편견을 범하고 나서야 자기 자신이
얼마나 우매한가를 알게 된다

죽음보다 무서운 병이 절망이라는 것을 앓고 나서야
희망을 알게 된다

어떤 것도 고통 없이는 얻을 수가 없다는
것을 터득하고 나서야 사리를 분별한다
소슬바람에 나뭇잎이 떨어지고 나서야 비로소
인생의 의미를 느끼게 된다

내가 나를 알고 나서야,,,,,,

태산

하늘에 매여 있는 구름이 광풍(狂風)에 주눅이
들고 위암(危岩)의 위세에 나락을 본다
그 위용이 공중을 찌를 듯한 기세가 등등하고 산은

높을수록 수려하고 골짜기는 깊을수록
마음을 드러내지 않는다

그 산은 세속(世俗)에서 벗어나 있어 현실에 구애되지
않고 심신을 단련해 주며 겸용(兼容)을 넓히고 생명의 원천이
되는 영기(靈氣)가 생동한다

그 산은 내 손안에 사로잡힌 한 마리 지저귀는
작은 파랑새였다

나만의 방

바람의 숙소는 하룻밤 풋사랑처럼 느껴져
까닭과 내력이 없어 어딘지 모르게 낯설고 어설프다
아무 때나 드나들 수 있어 정감이 들고

아늑하고 편히 두 발 뻗고 쉴 수 있는 휴식 공간의
산실(産失)이 되고 그 방(房)에서는 애환이 서리어 있고 인류가
태어나고 역사가 이루어지고

첫 울음소리가 우렁차게 인생의 시작을 알린다
문을 열면 그리움이 찾아들고 그 그리움은 기다림 속에
꽃을 피웠다

나만의 방에서 수태를 하고 바람벽에
기대어 온기를 느끼며
달빛은 창문으로 귓속말을 던지고 중원으로 떠났다

정류장 가는 길

정류장을 포박한 시선들이 낯선 사람들로 장사진을
이루고 열차에 몸을 실어 어디론가 떠난 사람들의 발자취를
남겨놓고 흥분된
표정이 인생을 이야기한다

정류장 가는 길은 상념의 긴 꼬리에 그림자가 발뒤꿈치에
늘 따라붙어 뒷걸음치다가 하마터면 밟힐 뻔했다

애환이 교차하는 그곳은 숨이 턱 밑까지 차올라
목메인 정적(情寂)들이 누워 이수(離愁)의 징검다리가 되어주고
정류장 가는 길은 모든 일에서 벗어나 탈피의
깃을 치며 발목을 붙잡았던 일에 억눌려 욕구 불만이

분출되어 정류장 가는 길은 새로운 세상 밖으로 자기 자신을
내던졌다

이브(Eve)

생각은 형체는 없지만 가슴을 파고들어 정신을
흔들어 놓고 영혼까지 저미하게 한다
우리는 숱한 사람들을 만나고 헤어지고 다시 재회하고
사랑은 어떤 상황 속에서도 인연의 고리를
쉽게 끊을 수 없는

사정(寫情)에 머리는 되지만 가슴에 골이 깊어 공허한
시간이 앞을 가린다 사랑은 우여곡절을 겪으면서
난관에 봉착하고 마음에 품은 뜻이 바뀌어
새로운 상태로 직면 당하거나 그의 일에 헤살을 부려도

이브의 밤은 속살을 드러내고 함께 험난한 세로(世路)를
헤쳐 나가는 이음 길이다

시간 개론

촌음을 아껴 쓰는 사람 시간을 때우거나
죽살이치는 사람 시간의 포로가 되고 지배자가 되고
사람의 마음에 의해
수시로 달라지고 변절하는 사람

인간이 설정해 놓은 그물에 걸려 괴물이 되고
노예가 되고 얽매여 그 시간 속에 몸부림치며 벗어나려고
갖은 애를 쏟아 내는 짐승이다

시간의 갈증에 딸꾹질을 하는 사람
시간이 지천에 널려 있어 빈둥거리는 사람
뜻밖의 요행을 바라는 사람
인간의 무의식 속에 갈등이 숨어 있다

현실과 동떨어진 추상적이고 공상적인 무의의한
생각에 사로잡혀 죽-때리는 사람 시간을 갉아먹거나
존재하지만 보이지 않는 시간의 경과 같은 것

삶의 어떤 순간도 낭비해서는 안 된다는 걸
깨닫게 된다 시간을 적절히 이용하지 못하며
시간의 흐름만 한탄하는 사람 시간관념의 인과 관계로
이성에 감정이 반항하는 망령된 영혼이다

사회악의 꽃

자기 소외로부터의 동거의 불안한 마음을
떨쳐 버리지 못한 채 헛된 망상이 무의식을 깨웠다
커튼이 걷히고 막(幕)이 오르고 어른거리는
실루엣의 그림자를 지우고 있다

악의 꽃은 독성이 강한 푸른곰팡이처럼 음지에서 기생하면서
사회를 병들게 하고 뿌리 없는 입자(粒子)가
공기 속에 떠돌아 기생하면서 부패한 꽃은 독성을
지니고 형체를 분별할 수 없는 미립자 사회를 좀먹고

무색무취한 악의 꽃이 광란의 도가니에 빠져-들다

잊혀 간 것들

시간이 흩어지고 잊혀 간 인생의 공간역에서
검게 타버린 추요한 것들이 일그러져 옛 추억을 되새기며
음영(陰影)을 드리우고 있다

잊지 않으려고 하는 상실감에 이명 소리가
고막을 울리고 기억 없는 숫자들을 눈꺼풀에 걸어
두었다

지난 자고(自顧)의 흔적들이 시나브로 지워져
오래된 석판처럼 풍우에 살의 조각이 떼여
긴 터널에서 헤어나지 못하고 희미한 망가의 세월에

눈물과 안개 속에 의식이 죽어가는 기억들이
저물어 가고 해가 앞산 마루에 뉘엿거리고
까막거리는 가로등 불빛이 환영(幻影)처럼 어른거리는 탁한

시류에 소환된 기억이 차츰 멀어져 간다

삶이란,

생로의 무덩이에서나 기경(起耕)에서

소매를 거머쥐고 격랑에 시달리는 고촉(孤燭)처럼 자아가
내재된 대상을 갖는 자기와의 투쟁이며
세상의 어떤 적(的)을 두고 간절히 바라는 의지와
실행의 분수령에 놓인다

그것은 동적인 상태이거나 정적이거나 접속될 때
대립적 관계를 이룬다
인간이 원하든 원치 않든 거부할 수 없는 의식(衣食)의 포로가
되고 삶의 역경에 목줄을 죄고 형세가 곤궁한 처지가

짜고 맵고 달고 쓰디쓰다
걱정은 시련을 낳고 시련은 또 다른 걱정을 낳는다
사람이 세상을 살아가는 일은 무두무미한 가변(可變)적
상황 속에 존재한다

희망이 이끄는 대로,,,,,,

* 고촉(孤燭) = 쓸쓸하고 외로이 켜져 있는 촛불

시원(始原)

갈잎 하나가 바람에 떠밀려 나부시
땅바닥에 내려앉아 어둠 속에 무너지듯 흩어져
버렸다

시작과 끝은 한 대척점에 놓여 개체가
전체를 아우르듯이 물방울이 모여
수로를 내고 바람이 불고 구름이 끼고 비가

내리고 자연의 조화를 부리는 것은
우주의 어느 한 모퉁이에서 이는 현상인가
무형의 물체가 어떤 상태에서 생성되는

미지의 바람은 어느 시원(始原)에서 불어왔을까!

四友歌

하늘에 한 조각 뜬구름이 떠 가고 세월은
마치 유수와 같고 비바람에 바위의 살갗이 깎이어
몸이 부서져 흙이 된들 마음을 열겠는가!

잎이 청청한 소나무는 꿋꿋한 절개와
끝까지 지조를 굽히지 않는 기상을 선비처럼
지켜 왔다

내게는 구름과 바위와 달과 소나무와
유일한 벗이라

자연의 숨결에 바람이 잦아들고
벌거벗은 허공에 달빛이 광휘의 빛을 뿌리며
밤을 핥고 있다

그 뫼에 이르니 하늘 문이 열리고 가까이 있거나
동떨어지거나 바람이 훼방을
치고 헤살을 놓아도 붉은 마음은 철석같아서

송죽 같은 마음 변할 길이 있으랴!

동토(凍土)에도 꽃은 핀다

북새풍이 불어 내리는 겨울 하늘의 찬 새벽은
눈(雪) 속에 덮인 잊어버린 약속의 땅에도
맹아(萌芽)가 움죽거려 생명을 꾸며 동토(凍土)에도 꽃은
피어난다

달빛이 젖줄처럼 흐르는 거친-황야에 봄바람이
불어 꽃-눈이 박동하는 소리
산새들의 목청에서 봄은 눈을 뜨고 얼어붙었던 강토에도
어둠이 녹아서 새벽은 오는 건가!

억압받았던 이 땅에도 봄은 다시 찾아오고 **빼앗긴**
수난의 역사에도 꺾이지 않고 꿋꿋하게 지조를 지켜왔다
만물이 생동하는 정기가 한(恨) 맺힌 민족의 참다운
기상을 지녀왔다

사랑과 증오와 욕망 그리고,

속임수와 투명도시의 가로등은 흔적을 지우고
현실과 이상 사이에 늘 고독을 느끼게 하는 현대인들의
외로움을 위로해 줄 수 있는 분위기가 조성되어야
한다

작은 눈속임을 온몸으로 빛을 발하는 누드(nude)의
가로등이 바쁘게 살아가는 어두운 도시를 밝게
비춰 주기도 한다 사랑을 더 행복하게 더 가깝게 더 친근
하게

더 덜 불편하게 개개인의 편리성을 중요시하는 시대의
흐름에 따라 우리라는 말은 점점 가치를 잃어가고 있다

사랑 이야기의 테마(Thema) 앞에 분분히 사랑 때문에
희로애락의 감정을 감추고 또한 표출한다
사랑의 바이러스를 감염시킬 그 숫자는 이루 헤아릴 수 없이
많다

우리는 그 사랑 속에서 표류하고 탐험하고 운명을
개척하는 선구자일 수도 있다 그것은 사랑이 남긴 무익한
흔적임에도 불구하고 자궁에서
나온 씨앗-마냥 핑크-색으로 빛나고 있다

사랑을 하는 한 영영 학적 요구와는 무관하게 생체 고분자든
저분자 대사 물질이든 모두 변화하지 않을 수 없다
사랑이란 대사의 계속적인 변화이며 그 변화야말로 사랑의
진정한 모습이다

사랑은 흔적을 남기고 흔적은 다음 사랑을 위한
씨앗이 된다
우주와 존재와 현상과 교감하면서 살아가는 것도 사랑의
맥락에서 식물의 단정(單精)처럼 우미하다

사랑은 동정 긍휼(矜恤) 구원 행복의 실현을 지향하는
정념 박애 자비 아가페 사랑은 이성에 대한
에너지를 발산하는 것도 사랑과 증오와 욕망을 선험적인
구현을 하기 위한 산물이다

동시에 존재할 수도 있고 존재할 수도 없는 것은 없다

사랑은 에로스 신과 프쉬케의 값진 사랑도
신뢰와 믿음 없이는 불신의 초래를 불러오게 한다
사랑의 그릇은 무엇을 넣음으로써 채워지는
것이 아니라 비워 냄으로써 채워지는 것이 자연의 섭리다

사랑하고 있는 마음 전부를 모조리 차지한다는
것은 소여물 통에 냇물을 담을 수 있다는 것과 다름이
없을 것이다
사랑은 감정이 아니라 의지이며 없는 것을 서로
채워주고 바라지 말고 도와가며 밝은 자화상을 가져야
한다

괴테는 여성을 찬미했고 무슬리는 여성을 경멸했다
새뮤얼 버틀러가 현명한 남성은 여성에 대해 생각하는
바를 결코 말하지 않는다고 했다

브뤼예르는 여성은 극단적이다
그들은 남성보다 우월하거나 저열하다
포프는 대부분의 여성은 성격을 전혀 가지고 있지
않다고 했다

남성이 여성에게 유발하는 흥미보다 여성이 남성에게
불러일으키는 게 더 큰 것은 왜 그럴까?
교감(交感) 없이는 어떤 에너지도 발산할 수 없는
양극 현상이다

우리는 플라토닉 사랑과 아가페 에로스 사랑을
경이의 눈으로 바라보았다
사랑 없이는 인류뿐만 아니라 동식물까지도 형태 변화의
　　교란이 올 것이며 사랑은 인류애의
근원이다

창파

구름은 바람 따라 흘러가고 시대의
물결은 세월 따라 굽이치고 세상은 다르게 변한다

작은 것 하나에도 기적이 일어나고 사소한 것에
얽매이지 말고 부유(浮游)하는 티끌에서 우주를 본다

갖은 생각들이 허공의 뼈를 물어뜯고 인생에서
영혼을 보라!

九 部

의식으로부터 독립하는 일

바람은 어느 시원에서 불어오는지 미래를 예측할 수 없는
상황에 앞길이 거칠고 격렬하다
의식으로부터 독립한 한 그루의 나무가 한쪽으로 기울어 가는
세상을 떠받치고 있다

혼자서 걸어가는 길

입을 꼭 다문 채 말이 없는 구름은 정처 없이
떠돌다가 산 넘어 흘러가고 인생은 알 수 없는 지경에
이르렀다

고달픈 그 길은 가파른 언덕길의 굴곡이 심한 파란
곡절에 설한풍이 휘몰아치는 매서운 바람길을
지나 원대한 포부를 품고 신천지가 펼쳐지는 미지의 세계를
동경한다

소리 없는 고요한 길 위에는 바람이 지나간 흔적들을
지우면서 가시밭길을 헤쳐 나가 하늘의 별을 붙잡고
무심천을 건너 天空에 우뚝 솟은 태산을 바라보면서 혼자서

걸어가는 길은 어둠을 태우는 등불이며 호젓한
그 길은 너르고 멀고 아득하여 헤아릴 수 없는 기나긴
시간을 녹이는 작은 발걸음이었다

목각인형

인간의 삶에 배어든 목각인형이 다양한
행동으로 세상을 바라볼 수 있다는 것은 장애가 되지
않는 요소이다

서민들의 생활을 풍자하는 암울한 현실의
대안(代案)으로 떠오르는 민중예술의 바깥 기색에
귀를 기울인다

구전(口傳)으로 내려오는 사례를 형상으로 나타내는
시대상을 반영한 목각인형은 민예의 구심점을
이루고

사회의 풍조를 심리적 유기체로 함께 공존하는 의식의
표본이다

붉은 가을

봄여름 가을 없이 피는 꽃은 누구를 위한
손짓인가!
세찬 비바람에 깎이고 공포와 전율에 몸부림치며
온갖 격랑을 다 겪으며 살아왔다

붉게 물든 가을이 일렁이는 바다는 이제 겨울이
성큼 다가오고 얼마 남지 않는 그의
마지막 순간까지 축제의 한마당을 장식하고 시한부
생을 맞이하는 자태가 눈물겹다

가을의 꽃 진 자리에 결실을 남기고 간 열매는
생명을 잉태하는 근본(根本)이었다
붉은 가을은 제 몸을 태워서 빛을 뿌리고,,,,,

나목은 해탈을 하고 번뇌를 끊고 깨달음에 이르러
구천(九泉)에서
미란의 환생을 본다

至高한 사랑

사랑은 인연에 따라 운명이 점철된 끈을 맺는다

그 끈의 연을 맺는 것도 사랑이며 꿈도 환상도
미련(未練)도 사바(娑婆)세계를 그리며 사랑은 금도(襟度)가
있지만 진실은 독성이 있다

사랑은 세상을 살아가는 시금석이 되고 인류의
보편적 가치를 추구하며 삶의 모멘트가 된다
사랑은 우아하고 오묘한 것 절망에서 희망을 주고
희비가 엇갈려 번민한다

사랑은 고뇌하며 사랑은 온윤하며 사랑은 서로가 서로를
비춰주는 마음의 등불이다

사랑은 세상을 살아가는 도구(道具)이며 사랑은 영혼을
구원하는 조력자이다

* 금도(襟度) = 남을 포용할 만한 도량

솟대

마을 수호신의 상징으로 솟대를 형상화하여
인간의 기원을 담는 대상으로 입신 풍조(風潮)의
염원을 기리기 위해 장대 끝에

높이 앉은 오리가 청운(靑雲)의 꿈을 품고
발-돋움을 하고 있다

찬바람을 안고 마음을 졸이는 촌락의
지킴이로 갖은 풍파를 다 겪으며 세월을 잊은
기다림은 욕구를 부른다

마을 어귀에 서-있는 솟대에 희망과 기대를 걸어
놓고 우러러보며 소원한다

길

길고도 머나먼-길 가도 가도 끝이 없는
인생길을 걷고 걷는다

바람 한 점 없는 날 길은 보이지 않고
세상살이에 이는 물결은 세월 속에 젖는다

길의 끝은 베일에 싸여 경험하지 못한
이상의 세계를 찾는다

길은 인생을 바른길로 인도하는 수행의
길이며 고난과 시련 속에 잃어버린 나를 찾아 주는
구원의 길이다

하루라도 길을 밟지 않고서는 살 수가 없는 길은
파노라마처럼 펼쳐져 있다

의식으로부터 독립하는 일

눈(目)을 통해 내가 나를 볼 수 없는 내면의 거울과
남이 나를 볼 수 있는 외면을 드러내거나 보여주는 얼굴은
사뭇-다르다
내가 밟은 발자취를 남기고 간 지난 뒤를 연신
돌아보았다

먼 앞날의 희망을 그려보면서 세월의 감옥에
영어(囹圄)의 몸이 되어 이를 데(것) 없이
나무는 자기 자신으로부터 얽매여 벗어나지 못한 채 스스로
하늘을 뚫고 붙박이-별이 되었다

노변에 오줌을 싸서 영역을 표시하는 개처럼 내 존재를
상기시킨다

바람은 어느 시원에서 불어오는지 미래를 예측할 수 없는
상황에 앞길이 거칠고 격렬하다
의식으로부터 독립한 한 그루의 나무가 한쪽으로 기울어 가는
세상을 떠받치고 있다

사람은 만들어지다

눈과 귀가 즐겁고 수려한 사람의 표정에서
묻어난 미적 범주 등으로 외적 환경으로부터 영향에
의해 생긴 사상 감정 등 남의 눈을 의식하며

남들이 아는 나와 내가 아는 나의 상태인 내 안의
내가 거울 밖의 나를 본다

자기 자신이 자신을 스스로 보여주는 것은
의미 부여이다
인간의 얼굴이 상품화되는 것과 본성을 보는
것은 제로섬 선상에 이미지 부각을 위한

너테의 가면극이 종이 달처럼 인간의 내면과 외면의
심미 상태는 그 상태에 따라 변곡점을 찍는다

* 미적 범주 = 우미 숭고 비장 익살 추함 등

젊은 날의 회상

내 삶의 은유(恩宥)만을 마음에 심고 사는
어머니는 쓸쓸한 고독의 울타리 속에서
지독한 그림자로
떠오를 때 우렛소리에 핏줄이 불통이 되어 내 공황(恐惶)의
중심에 심장을 찔렸다
절망에 휩싸인 꼬리를 붙잡고 탄식해야 하는
우려의 소리가 줄을 매고 원점으로 돌아가는 길이
망각을 깨운다
기억의 상실이 쳇바퀴 돌 듯 뇌의 부작용으로 거꾸로
바뀌어 돌-때가 해답일 때가 있다
굴곡 많은 생애(生涯) 얼마나 선택의 갈림길에서
망설이었을까!
존재의 관념에 억압당하는 삶에 여러 고초를
겪고 난(難) 세월에 사내는 흔들바람에 꺾이지 않는 굳센
풀처럼 그런 때가 있다는 것이다

사랑이 가고 오는 것에 대하여

살 미움보다 감추어진 슬픔이 더 큰
이별의 상처를 먹고 날뛰는 바다처럼 미쳐서
큰 소리로 노래하며 포말 속에 자기 스스로 자학하며
괴로워했다

선의와 자비를 내던지고 싶다는 거대한 욕망구가
되어 자기 중독에 강탈당했다
돌이켜 보면 지나간 시간과 우리의 사랑과
증오에서 남는 것이다

자유는 사랑을 불러일으키게 하지만 소유욕은 사랑을
못살게 굴어 비와 눈과 바람을 맞게 되고 새살 돋는
사랑이 되살아 난다

티끌 세상

바람 속의 티끌 세상에 고립된 격절을 자각하는
정서는 한(恨)과 인간의 내면에서 고통과 갈등을 먹고
고독에 그림자를 벗고 자의식이 야기한 사유와
감정이 담겨 있다

사는 일에 시달려 온 어머니는 의지할 수 없는 상황
속에서 어려운 환경에 굴복하지 않고 자신을
채찍-질 할 수밖에 없는 처지에 놓여 있는 상태에
자유로울 수 없는 희생이 뒤따르며 견뎌 내고 있는 것이다

권태와 진부함은 현대인의 삶 마음속의 생각과
시간의 한정 자아의 깊은 밑바닥에서 의식의 표면까지
도달할 것인가!
심연 위로 다리를 건너듯이,

현재의 삶이 중요하므로,

주어진 삶에 있는 것에 만족하며 그것을
사랑하며 그 어떤 것도 참겠다고 생각하며 거짓이나
꾸밈없이 진실-되고 마음이 올바르게 사는
것이다

채우는 것은 비우는 일이기도 하지만 욕망이 눈을
가리면 자기를 억누르고 버리라고 할 것이다
현재의 삶이 중요하므로 이후 삶에 대한 논리는 더욱
보강(補強)하고 힘써야 한다

내적 본성과 외적 행동에 차이가 있는 인위적
삶을 사는 것은 기만적이고 교활하고 거짓된 것이라는 게
자명한 일이다
행복은 한쪽에만 색칠된 낡은 틀이다

시간은 부수지 못한다

사랑과 인생과 영혼을 얻기 위해 우린 세상을
손에 넣는다

그 시간은 부수지 못한다
인생은 편안함과 과동(過冬)의 시흥(詩興)에 덧붙이려고
사람의 힘을 더하지 않는 자연의 존재로
몸으로 느끼며 몸으로 태우며 마음을 달게 한다

전체가 내 몸 밖 또 하나의 중심이 될 때까지!

사랑과 감정이 없다면 재깍거리는 시계일 뿐 우리가
살아가는 것은 느끼기 때문에 산다
출구가 없는 상황 속에서 추락 욕구 대척점에 선 삶을
살아가는 인생길에 서 있다

죽음보다 강한 것은,

인생길 험한길 다리가 되어주고 죽음과 삶의
늪을 헤어나지 못하고 망각의 강을 건널 때
애련한 사랑의 강한 힘이 심연의 깊은 잠을 깨웠다

사랑의 결핍으로 도탄에 빠져 고통에 시달리던
어두운 세상에 한 움큼의 빛이 메마른 가슴에 돋는다
사랑이 빚은 모든 운명이 힘에 움직이며 작용한다

죽음보다 강한 것은 사랑이며 사랑은 인류애의
구원의 손길이며 마음의 안식처이며 현실을
떠난 듯한 형태 변화를 꿈꾸며 사랑은 인간의 마음에서

자연스럽게 우러나오기 때문이다

낙조

서쪽 하늘이 붉은 낙조에 물들어 황혼에
지고 바닷가 모래톱에 철썩거리는 파도 소리에
이는 모래알들의 사박대는 밀어
들이 미동도 하지 않는 밤을 먹고 있다

모래성의 정원에 밀려오는 물결의 숨비소리에
마음이 허물어지고 있다
끝없는 수평선 너머로 해가 뜨고 죽어가는 것-
들을 사랑하며 재생의 기쁨을 얻는다

침몰하는 저녁이 탈-바꿈을 한다

이창수 세 번째 시집『바다를 내놓은 고등어』에 나타난 실존적 진리에 대한 몰아적 추구

박정근 ● 대진대 교수 역임, 문학박사, 평론가, 작가, 시인

I

이창수 시인이 세 번째 시집으로『바다를 내놓은 고등어』를 내놓는다. 시인의 시작에 대한 열정으로 볼 때 과작이라고 볼 수 있다. 그가 온몸으로 시를 쓰기에 창작의 과정에서 엄청난 고통이 뒤따르기 때문이라고 본다. 그의 치열한 창작 태도가 작품을 남발하는 것을 허용하지 않았으리라. 이창수는 결코 음풍농월을 즐기며 시를 쓰는 풍류가가 아니다. 오히려 그는 시를 통해 진리를 찾아 험한 실존의 길을 걸어가는 순례자라고 보아야 한다.

이창수 시인의 삶에 대한 관점은 평탄하지 않다. 그는 자본주의 사회에서 살아가면서 적당히 호의호식을 즐기는 속물적 삶을 추구하지 않는다. 오히려 시인은 우주와 존재의 관계를 깊게 생각하는 철학자의 삶을 택한다. 그래

서 그는 자연의 아름다움을 예찬하기보다 우주적 시원에 대해 사색하고 존재의 의미를 깨닫고자 고민한다.

이창수는 물질주의의 환상에 매몰되지 않고 자신이 어디에서 왔으며 그를 존재하게 하는 우주는 어떻게 시작되었느냐는 물음을 시를 통해 제기한다. 사실 현대적 삶은 사회공동체와 가족공동체를 해체하지 않았는가. 그것은 인간의 뿌리가 어디서 왔느냐는 존재적 질문을 고리타분한 것으로 내던져 버렸다는 의미이다. 대조적으로 이창수는 일관되게 우주의 시원에 대한 절박한 추구를 노래한다.

> 시작과 끝은 한 대척점에 놓여 개체가
> 전체를 아우르듯이 물방울이 모여
> 수로를 내고 바람이 불고 구름이 끼고 비가
>
> 내리고 자연의 조화를 부리는 것은
> 우주의 어느 한 모퉁이에서 이는 현상인가
> 무형의 물체가 어떤 상태에서 생성되는
>
> 미지의 바람은 어느 시원(始原)에서 불어왔을까!
>
> — 「시원」 부분

시인은 인간의 관계를 우주적 관점에서 바라보고 정의하려고 시도한다. 자신과 타자가 양자적 관계에서만 존재하는 것이 아니고 우주 속에 존재하기 때문에 비로소 양자의 의미가 존재할 수 있다고 본다. 그래서 그는 「나 아닌 것이 어디에 있는가」에서 "나는 그도 나 자신도 아닌 심연의 상념 속에 / 반구(反求)를 찾는 자아 내가 있으면 / 우주가 있고 만물이 존재하듯이 내가 없으면 너도 없고 / 너 없는 나도 없다"라고 토로할 수밖에 없는 것이다.

현대인은 성공적으로 문명을 건설하면서 마치 우리가 과거, 현재, 미래를 자의적으로 엮어내는 마술사라고 착각하고 있다. 무한대의 시간을 인간의 머리로 자유자재로 소환해서 논리화할 수 있는 존재로 의식하려고 한다. 베케트는 <고도를 기다리며> 1막에서 럭키를 노예처럼 부리던 거만한 포조가 시간에 의해서 파괴되는 모습을 재현하고 있다. 2막에 나타나는 포조는 오히려 럭키의 도움을 받지 않으면 존재할 수 없는 무력한 존재로 전락하고 만다. 이창수는 시간에 의해 포획되어 쩔쩔매는 자신을 그리고자 한다. 그는 현재의 현상에 대한 불안으로 고통을 겪는다. 그는 「시간의 그림자」에서 "시간을 도둑맞을까 노심초사 문고리에 묶어놓고 / 헛-기침을 하며 밤잠을 설친다"라고 노래한다. 시인의 이런 모습은 실존주의자들의 예민한 불안을 형상화했다고 볼 수 있다.

이창수는 시간의 거친 황야를 걸어가는 순례자이다. 황야에 나타나는 길은 결코 명확한 이정표가 존재하지 않는다. 모든 방향이 혼돈 속에서 돌고 도는 불확실성을 보여준다. 시인은 지친 몸을 추스르며 순례의 길을 걸어가지만 매번 헛걸음치지 않을 수 없다. 그는 문명적 이성과 의식으로 무장을 하고 진로를 정확하게 선택하려고 하지만 순례의 길은 자꾸만 엇갈리는 운명을 피할 수 없다. 이창수는 인생의 부조리를 처절하게 인식하며 실존적 고통 앞에서 방황하지 않을 수 없다. 그는 「당신이 가는 길이 다 길이다」에서 "당신이 가야 할 길은 시행착오를 거듭하면서 / 헛걸음치다 뒤돌아보고 가지 말아야 할 길을 되돌려 세우고 / 다시 걷다가 높고 험한 고비를 맞으며 또 걷는 다"라고 토로한다.

II

시인이 순례를 하는 목적은 성배를 찾는 중세의 기사들처럼 진리를 찾으려는 것이다. 오랜 세월을 살아왔지만 그의 삶은 불확실성과 부조리로 인해 혼돈을 보여주었을 뿐이다. 현대인은 과학적 탐구로 진리를 발견할 수 있다고 믿어왔다. 18세기 이후로 획기적으로 발전한 과학과 기술은 지구 위에 화려한 낙원을 건설할 수 있다는 착시를 일으킬 만한 환상을 보여주었다. 하지만 현대인은 1차, 2차 세계대전과 화학무기, 핵 등의 대량학살 무기의 끔찍한 참상을 겪으면서 회의하지 않을 수 없었다. 결국 과학과 기술이 지향하는 진리는 인간을 구원하는 길이 아니라 멸망을 앞당기는 적그리스도의 미망에 불과하다는 것을 체감했던 것이다.

그렇다면 도대체 진리는 무엇이며 어디에 존재한다는 말인가. 순례자 이창수는 진정한 진리를 찾아서 구도의 길을 걷고 또 걸을 뿐이다.

시인이 순례를 통해 점차적으로 깨닫는 진리는 과학적 발명품처럼 현란하거나 거대하지 않다는 사실이다. 진리란 속세의 보물로 박물관에 보존되어 있지도 않으며 인간의 눈에 판별할 수 있는 물질도 아니다. 어쩌면 진리는 속세에는 존재하지 않는 초월적 가치이거나 미지의 세계나 불가시적 영역에 존재할 가능성이 농후하다. 진리는 속세의 권력이나 금력과는 전혀 관련이 없는 초월적이거나 우주적 존재임을 시인은 비로소 깨닫는다.

> 바람 부는 언덕에 피어나는 한 떨기 꽃이었고
> 공허한 하늘에 떠가는 한 조각의 구름이었다
> 허허-벌판의 밤하늘에 반짝이는 별빛이 나에게로
> 와서 길이 되었다
>
> ―「영혼의 문에서」 부분

속세적 관점에서 아무 가치도 없는 한 떨기 꽃이나 한 조각의 구름 또는 허허-벌판의 별빛이 그의 순례길에서 발견한 진리였다는 것이다.

그것들은 순간적이거나 불가시적 존재로서 허름한 이미지로 위장하고 있기 때문에 속물성으로 가득한 인간의 눈에는 보이지 않는다. 순례자는 진리에 대한 절박성으로 현상적 세계의 한계를 넘어서고자 한다. 시인은 「플랫폼의 밤」에서 "어디로 가는지 가야 하는지 목적지가 어딘지 / 내가 가본 것이 아니라 내가 못 본 것을 보려고 미지의 / 세계를 동경한다"라고 노래한다.

세상은 문명의 기만적 과장으로 진리가 정교한 실험실이나 상아탑에 존재한다고 떠벌려 왔지만 그것은 지식인들의 허황된 연기에 불과한 경우가 많다. 속세의 사이비 진리는 고귀한 외관으로 위장하지만 진정한 진리는 하찮은 모습으로 은폐하고 있다. 시인은 「찰나와 순간 사이」에서 "자유와 소유욕의 무한 속에서 백사장 모래톱의 / 조가비만도 못한 자아를 보고 야생의 / 들꽃에서 자연계의 평등하고 차별이 없는 진리를 본다'라고 밝힌다.

　더더욱 진리를 포착하기 어려운 까닭은 진리는 상시적으로 존재하지 않기 때문이다. 그리고 진리의 발현은 매우 찰나적이라 깨우치는 순간 사라져 버리고 만다. 그러기에 진리를 획득하기 위해서 늘 깨어있지 않으면 안 된다. 이러한 진리 존재의 순간성은 시인으로 하여금 잠을 못 이루게 하여 고통을 수반한다. 시인은 「찰나와 순간 사이」에서 "그것은 직면과 고통을 초월한 별개의 내면의 / 우주를 담은 다른 모습의 모양으로 달려왔다 / 이 모든 것은 찰나와 순간 사이,,,,,,"라고 안타까움을 표현한다.

III

　이창수는 여러 작품에서 진리를 찾아가는 과정에서 나타나는 난관에 대해서 노래하고 있다. 사실 중세의 기사들도 진리의 상징인 성배를 찾아가면서 악마를 비롯한 수많은 장애물과 만나면서 위기에 봉착한다. 기사들이 나아가는 길은 험하여 낭떠러지, 협로, 협곡 등으로 순례자를 위협한다. 또한 진리가 잠복해 있는 마음은 투명하지 않고 어두컴컴한 암흑일 수 있다. 그래서 거기에서 진리를 찾는 구도자는 어둠 속을 더듬어야 한다. 진리를 감싸고 있는 마음은 마치 빙벽이나 비밀의 숲과 같다. 그는 「비밀의 숲」에서 "마음은 항상 베일에 싸여 있어 겉으로 내면을 들여다 / 볼 수 없는 방벽에 싸여 있다 / 오직 자기만이 숨겨둔 비밀의 숲이다"라고 진리의 존재를 비유한다.

　이창수의 진리탐색은 항상 깊은 내면으로 향하며 실

존주의적 심연으로 걸어 들어간다. 그 심연은 너무 깊어 의식의 잣대로는 가늠하지 못한다. 그는 「바람은 내계에서 흔들린다」에서 먼 과거에 얼어붙었던 시간이 녹아서 나온 불가해한 진리를 "실체 없는 바람"이라고 정의한다. 범인들은 볼 수도 만질 수도 없는 바람은 그저 인간에게 스쳐 지나가는 존재일 뿐이다. 바람과 같은 무존재적 존재를 찾아가는 순례자의 길은 불확실성 속에서 끝없이 걸어가는 고행의 연속일 수밖에 없다. 시인은 자신이 걸어가는 구도의 길을 이해하기 위해 어릴 적 어머니가 걸어갔던 길에 비유하고자 한다. 어머니의 길은 결코 현대인들이 걸어가는 이기적이고 물질적인 길이 아니다. 어머니는 자식과 가족을 위해서 자신의 몸을 버리는 헌신의 길을 고통스럽게 걸어가셨다. 시인은 어머니가 걸어간 황톳길에서 그녀의 발자취를 찾고자 한다. 걸음걸음마다 온갖 애환과 눈물자국이 각인되어 있다. 자기중심적인 현대인의 눈에 어머니의 순례길은 불가해한 고행이 아닐 수 없다.

> 한평생 온갖 풍상을 다 겪어온 애환이 서린
> 발자취에 눈물이 괴어 있는 황톳길,,,,,,
> 돌아서면 산 너머 봄이 온다기에 부푼 가슴을 쓸어안고
> 세사에 시달려 온
>
> 서리 찬 험한 고갯길을 엄마는 왜 이 길을
> 걸어야만 했을까?
>   −「황톳길」 부분

이창수는 이성이 자리를 잡고 있는 의식 속에서 진리

를 발견할 수 없다는 인식을 보여준다. 이성의 잣대로 진리를 추구하지만 불가시적이고 찰나적인 진리는 시인의 의식의 마당에 나타나지 않는다. 시인은 이제 다른 대안을 찾지 않으면 안 된다. 그는 무한대라는 기대한 존재인 무의식의 문을 두드려 본다. 이 시도는 의식의 이성적 영토를 벗어나 자유와 해방이 기다리는 무의식의 성으로 들어가고자 한다. 지금까지 범접하지 못한 실존적 무의식의 세계에 대한 기대감으로 시인의 가슴은 설레기 시작한다. 끝없는 순례의 길에서 방황했지만 범접할 수 없었던 불가침의 영역이다. 그래서 그의 마음은 기대감 못지않게 두려움이 도사리고 있다.

> 기다리는 사람이 혹여 오지는 않으려나 설레는
> 마음에 눈이 자주 가더라
> 비 오는 날에는 비에 취해 무의식 속으로 자기 자신으로부터
> 일탈을 꿈꾼다
>
> ―「비 오는 날」 부분

　무의식의 세계에 들어선 이창수는 진리를 찾기 위해 본격적인 탈자아의 과정에 돌입한다. 하지만 진리는 시인에게 결코 거저 획득될 수 없는 존재이다. 지금까지 시인에게 주입되고 덮인 세속의 먼지를 모두 털어내야 한다. 또한 그가 누려왔던 모든 문명의 허식을 전부 거두어 내야 한다. 시인은 스스로 매를 들어 자신에게 자학과 가책을 동반한 고통을 가함으로써 탈자아를 성취하고자 하는 것이다. 자기중심적인 가치관을 가진 범인은 자신을 탓하기보다 남을 비판하기 쉽다. 분노는 자신을 반성하지 않고

실패의 원인을 외부에서 찾을 때 발생한다. 그래서 시인은 분노에 대해 먼저 인내를 주문한다. 그래도 시인은 「내 속에 네가 있다」에서 참을 수 없으면 무한대의 존재인 하늘에 하소연하라고 충고한다.

아무리 죽을 만큼 힘들면 하늘을 보아라!
그래도 화가 나면 백 번 참아라
마음의 상처가 안 풀리면 하늘에다 대고 침을 뱉고 실컷
엉두덜-대고 하소연을 해라

그는 자아에서 벗어나 무의식으로 나아가야 진리를 포착할 수 있다고 판단한다. 범인이 자아를 넘어서는 것은 그리 쉬운 일은 아니다. 자신을 버리는 용기가 필요하며 자아의 껍데기를 벗고 무자아의 대양으로 나아가려는 용기가 필요하다. 그것은 익숙한 기존의 삶을 포기하는 것으로 일종의 죽음과 같다. 그래서 시인은 무의식으로 진입하기 위해 엄청난 고통을 겪어야 한다고 「피닉스」에서 토로한다.

자아 양심의 가책이나 분노 욕망 적개심
질투 자만 열정 혹은 어떠한 두려움에서 벗어나기
위해 피와 눈물을 쏟았다

불멸의 불새는 자유로이 천공을 날고
온 세상에 기염을 토하고 평화의 메신저가
되었다
　　　　　　　　　　　　　　　　　－「피닉스」 부분

시인이 진리를 찾아 나선 구도의 길에서 깨달은 것은 고통에 대한 실존적 의미이다. 우리는 개인의 행복을 얻기 위해 고통에서 벗어나려고 하지만 그것은 진리에서 멀어지게 되는 아이러니한 결과를 맞는다. 그래서 인생이란 운명적으로 고통의 바다에 던져졌다는 것을 철저하게 인식하게 된다. 결국 인간은 아름다운 청춘이 지나면 늙게 되며 죽음을 맞이해야 한다는 존재적 숙명을 인정해야 한다. 그는 「후회」에서 "소슬바람에 나뭇잎이 떨어지고 나서야 비로소 / 인생의 의미를 느끼게 된다"라고 밝히고 있다. 시인의 깨달음은 실존의 절정인 죽음을 적극적으로 수용함으로써 가능한 것이다.

IV

과연 이상수가 작품을 통해 추구했던 진리는 어디에 존재하며 어떻게 접근해야 하는 것일까. 진리는 이성적 의식에서 벗어나 탈세속적 세계인 무의식, 잠, 빈 마음으로 들어가야 한다고 본다. 자의식과 타인의 눈에서 벗어나지 못하고 세상의 형식적 삶에서 벗어나지 못하면 결코 진정한 자유와 해방을 누릴 수 없기 때문이다. 우선 잠은 인간에게 의식에서 벗어나 무의식으로 들어가게 하는 가장 친숙한 과정이다. 잠은 인간으로 하여금 의식의 불침번을 피해 무의식 속으로 도주하게 해준다. 인간은 잠을 자면서 꿈을 꾸며 의식이 간섭하여 억압했던 욕망을 충족시켜 준다. 의식의 초병이 졸고 있는 꿈속에서 달성한 욕망의 충족은 세속의 규율과 법의 한계를 벗어난 자유와 해방이 아닐 수 없다. 의식의 관점에서는 이런 도발은 무법천지이고 혼란 그 자체이리라. 하지만 인간의 무의식에서 꿈틀거리는 욕망의 관점에서 이것은 최고의 자유를 만끽하는 것이다. 그래서 시인은 「잠은 의식을 훔쳐 간 使者」에서 "자유의 최적은 나 자신으로부터 선(線)을 넘는 / 일이다"라고 잠의 역할에 대해서 정의하고 있다.

인간이 마음속에 속물적 욕망을 가득 품은 채 진리에 접근하는 것은 불가능하다. 그가 진리에 다가서려면 마음을 비워야 한다. 시인의 마음을 묘사하는 「마음 집」에서 그는 "마음의 집에는 도둑이 들지 않아 울타리가 없고 / 창살이 없는 자유자재로 드나드는 빈집이다"라고 노래한다. 시인은 그런 마음 집과 같은 정서적 상태를 여행을 떠나는 여심(旅心)에 비유하고자 한다. 골치가 아픈 일상을 떨치고 여행을 떠나는 마음은 근심과 걱정을 옆으로 제쳐 두고 떠나는 행위이다. 이것은 죽음의 여행을 떠날 때 인간이 맞이해야 할 상황이라고 할 수 있다. 인간의 최대 실존인 죽음을 바람직하게 맞이하려면 일상을 잠시 떠나 무심한 여행처럼 그렇게 떠날 필요가 있다. 진리는 빈 마음 속에서만 존재할 수 있기 때문이다. 빈 마음이란 세속적 욕망이나 일상적 염려가 사라진 무(nothingness)의 경지라고 볼 수 있다.

정류장 가는 길은 모든 일에서 벗어나 탈피의
깃을 치며 발목을 붙잡았던 일에 억눌려 욕구 불만이

분출되어 정류장 가는 길은 새로운 세상 밖으로 자기 자신을
내던졌다

이 시는 순례를 떠나는 시인의 마음을 재현하고 있다. 속세에 대한 욕심을 털어버리고 무욕의 여행을 떠나는 순례자로서 시인을 연상할 수 있다.

이창수가 시작을 통한 구도의 여행에서 성취한 깨달음은 문명의 화려함과 편리함에 빠져있는 현대인들에게 매우 유의미하다. 진리는 거대한 담론이며 현학적인 과정을 통해서 획득될 수 있다고 우리는 흔히 생각한다. 하지만 시인은 매우 작은 먼지 같은 존재에서 진리를 발견하는 아이러니를 체험한다. 그는 「창파」에서 "작은 것 하나에도 기적이 일어나고 사소한 것에 / 얽매이지 말고 부유(浮游)하는 티끌에서 우주를 본다"라고 밝힌다. 그리고 「혼자서 걸어가는 길」에서 "소리 없는 고요한 길 위에는 바람이 지나간 흔적들을 / 지우면서 가시밭길을 헤쳐 나가 하늘의 별을 붙잡고 / 무심천을 건너 天空에 우뚝 솟은 태산을 바라보면서 혼자서 // 걸어가는 길은 어둠을 태우는 등불이며"라고 노래하고 있다. 위 두 작품에서 시인이 진리에 대해 확신하는 건, 그것은 거대한 담론이 아니고 일상의 사소한 것에 존재하며 바람과 같은 찰나적 존재일 수 있으며 고통의 길을 거쳐 평범한 시내를 건널 때 만날 수도 있다는 것이다.

현대인들은 의식과 이성을 바탕으로 거대한 문명사회를 건설하는 데 성공하였으며 그 결과 모든 사고가 두 영역에 전적으로 의존하는 경향이 있다. 하지만 의식보다 더 큰 영역을 차지하고 있는 무의식을 철저히 배제하거나 소외시키는 불균형적 구조를 야기하고 말았다. 따라서 현대인은 심각한 불균형적 인간으로 전락하여 내면의 편중성을 면치 못하였다. 그렇다면 편중된 정신세계를 회복할 수 있는 방법은 무엇일까. 인간의 정신세계를 정상화할 수 있는 길은 일방적인 의식의 지배에서 벗어남으로써 가능해진다. 이창수는 현대인의 비정상적인 의식의 독선에서 벗어나는 것만이 진리에 접근할 수 있다고 진단한다. 표피적인 의식의 작용은 무의식 속에 존재하는 원시적 시원에 이르지 못한다. 시인은 한쪽으로 기울어져 파멸할 수밖에 없는 인간성을 구원할 수 있는 길은 의식에서 벗어나 잃어버린 시원이 존재하는 무의식으로 회귀하는 것이라고 말한다.

> 바람은 어느 시원에서 불어오는지 미래를 예측할 수 없는
> 상황에 앞길이 거칠고 격렬하다
> 의식으로부터 독립한 한 그루의 나무가 한쪽으로 기울어 가는
> 세상을 떠받치고 있다
>
> ─「의식으로부터 독립하는 일」 부분

그렇다면 시인이 진리를 깨달았다는 것은 어떤 정신적 변화를 가져오는 것일까. 우선 물질과 욕망에 사로잡혀 번뇌와 속물적 집착에서 사로잡혀 있던 과거의 삶과 단절하고 정신적 자유를 획득해야 하리라. 시인은 속세에서 완전히 벗어나서 번뇌의 사슬을 끊어버린 존재를 나목에 비유한다. 그는 「붉은 가을」에서 나목이 해탈과 깨달음을 획득함으로써 미란으로 환생한다고 밝히고 있다. 시인은 진리에 이르는 길을 찾기 위해 순례를 떠났던 것이며 이 길

이야말로 속세가 일으킨 고난에서 진정한 정체성을 찾을 수 있는 방법이다. 현대인들은 진리를 찾는 길을 문명이 제시한 물질세계에서 찾고자 했다. 물질세계의 길은 자연스럽게 외부에 건설되어 있어 무의식의 심연에 존재하는 진리를 발견할 가능성은 거의 없다. 시인은 진리를 찾는 길을 발견하는 것이 바로 구원의 길이라고 주장한다.

> 길은 인생을 바른길로 인도하는 수행의
> 길이며 고난과 시련 속에 잃어버린 나를 찾아 주는
> 구원의 길이다
>
> —「길」 부분

이창수 시인이 진리에 대한 집념으로 이번 시집을 탄생시켰다는 것은 분명하다. 오랜 순례의 여정이 시인의 정신을 한 단계 승화시켰다. 세 번째 시집은 이창수 시인의 시 창작에서 중요한 전환점이 되리라고 믿는다. 인생에 대한 달관이 쉽지 않겠지만 이런 고통의 과정이 좀 더 완숙한 시를 왕성하게 쓰는 계기가 될 수 있기 때문이다. 요즘 진지한 문학이 존재하기 어려운 상황에서 이창수의 피와 땀이 녹아있는 시를 독자들에게 보여준다는 점에서 이 시집의 의미가 크다고 본다. 앞으로 시인의 창작 작업에 서광이 비치길 바란다.

이창수 동재(東齋)

月刊 조선문학 시 부문 등단. 월더니스 하이쿠 시 등단.
국제펜한국본부 이사. 한국현대시인협회 이사.
세계시문학회 이사. 한국문인협회 회원.
동대문 문인협회 회장 역임. wilderness 편집장 역임.
영어강사 역임.

수상: 중앙대학교 예술대학원장. 중앙대학교 총장. 공로상
　　　梅月堂 文學賞. 동대문 문학상
저서:『겨울 섬』,『바람벽에 기대다』
공저:『바람칼의 칸타빌레』외 9권

E-mail: saltis1220@daum.net

바다를 내놓은 고등어

초판 발행일 2023년 6월 20일

지은이 이창수
발행인 이성모
발행처 도서출판 동인
주 소 서울시 종로구 혜화로3길 5 118호
등 록 제1-1599호
TEL　(02) 765-7145 / **FAX** (02) 765-7165
E-mail donginpub@naver.com
ISBN　978-89-5506-914-3
정 가　13,000원

※ 잘못 만들어진 책은 바꿔 드립니다.